哪吒鬧海

亲近母语研究院 编著

山東畫報出版社
济南

目录

哪吒闹海

（一）

很久以前，有一个大将军叫李靖，因为他手上总喜欢托着一座小巧的宝塔，又被称为“托塔李天王”。在李靖担任陈塘关总兵时，他的夫人怀孕了。奇怪的是，已经三年零六个月，还不见小宝宝出生。为此，李靖十分担心。

一天，他指着夫人的肚子说：

“你怀孕已三年多了，孩子还不降生，只怕非妖即怪啊。”夫人也皱起眉头，叹了口气：“是啊，这段时间，我也在为此事发愁呢，常常睡不好觉，总做一些稀奇古怪的梦。”

说完，夫妻二人闷闷不乐地回房休息了。当天晚上，三更时分，夫人迷迷糊糊睡着了，却梦见一个白胡子道人径直走进他们的房间。夫人见了，大声喊道：“你这道人怎么如此不懂道理？胡乱闯进我们的房间！”

那道人微微一笑，说：“夫人，快快去接你的孩子吧！”夫人还没来得及询问究竟是怎么一回事，只见眼前白光一闪，那道人便消失了。夫人慌忙从床上坐起来，准备去追道

ren yì zháo jí tā jīng xǐng le fā xiàn yuán lái shì
人。一着急，她惊醒了，发现原来是
zài zuò mèng yú shì tā jiào xǐng lǐ jìng bǎ mèng
在做梦。于是，她叫醒李靖，把梦
zhōng de qíng xíng shuō le yí biàn huà gāng shuō wán fū
中的情形说了一遍。话刚说完，夫
rén tū rán gǎn jué dù zi téng tòng nán rěn lǐ jìng xiǎng
人突然感觉肚子疼痛难忍。李靖想：
mò bú shì hái ér jiù yào jiàng shēng le bù zhī dào shì huò
莫不是孩儿就要降生了？不知道是祸
shì fú ne tā gǎn jǐn zhào lái jiē shēng pó hé shì nǚ men
是福呢！他赶紧召来接生婆和侍女们
jìn fáng zì jǐ zài wài miàn jiāo jí de děng dài zhe
进房，自己在外面焦急地等待着。

guò le yí huìr liǎng gè shì nǚ shén sè huāng
过了一会儿，两个侍女神色慌
zhāng de cóng fáng jiān lǐ chū lái le shuō qǐ bǐng
张地从房间里出来了，说：“启禀
lǎo ye fū rén shēng xià yí gè yāo jing lái le lǐ
老爷，夫人生下一个妖精来了！”李
jìng jí máng zǒu jìn fáng jiān zhǐ jiàn mǎn wū hóng guāng
靖急忙走进房间，只见满屋红光，
wū lǐ mí màn zhe yì gǔ qí yì de xiāng wèir dì
屋里弥漫着一股奇异的香味儿，地
shàng lì zhe yí gè yuán yuán de ròu qiú dī liū liū de
上立着一个圆圆的肉球，滴溜溜地
xuán zhuǎn lǐ jìng dà jīng chōu chū suí shēn pèi dài de bǎo
旋转。李靖大惊，抽出随身佩带的宝
jiàn cháo ròu qiú kǎn qù yí jiàn xià qù ròu qiú dùn
剑，朝肉球砍去。一剑下去，肉球顿
shí liè kāi cóng lǐ miàn tiào chū yí gè nán wá lái fěn
时裂开，从里面跳出一个男娃来，粉

嫩粉嫩的脸，右手套着一个金镯，肚子上围着一块红绫，那样子倒是十分可爱。

李靖看呆了，正不知道该怎么好。这时，门外走进来一位神仙，他对李靖说："贫道乃乾元山金光洞太乙真

人，听说总兵又得一子，特来祝贺。借令公子一看，不知意下如何？”

李靖忙命侍女将孩子抱出来，说：“这娃出生特别，不知是人是妖，还望神仙指点。”

tài yǐ zhēn rén jiē guò hái zi yí kàn lǚ le lǚ
太乙真人接过孩子一看，捋了捋
bái hú zi xiào zhe shuō zhè hái zi jiāng lái shén tōng
白胡子，笑着说：“这孩子将来神通
guǎng dà nǐ kàn tā shǒu shàng de zhuó zi jiào zuò qián
广大，你看他手上的镯子，叫作乾
kūn quān dù zi shàng de hóng líng nǎi hùn tiān líng zhè
坤圈；肚子上的红绫，乃混天绫。这
qián kūn quān hùn tiān líng dōu shì liǎo bu dé de bǎo wù
乾坤圈、混天绫都是了不得的宝物。
rì hòu nǐ jiù ràng tā zuò wǒ de tú dì ba
日后，你就让他做我的徒弟吧。”

rú cǐ biàn hǎo liǎo què wǒ yì zhuāng xīn shì
“如此便好，了却我一桩心事。
gǎn xiè shén xiān zhǐ diǎn hái qǐng nín gěi zhè ge wá qǔ gè
感谢神仙指点，还请您给这个娃取个
míng zi ba lǐ jìng shuō
名字吧。”李靖说。

nǐ kàn tā zuǒ shǒu zhǎng yǒu gè né zì
“你看他左手掌有个‘哪’字，
yòu shǒu zhǎng yǒu gè zhā zì jiù gěi tā qǔ míng né
右手掌有个‘吒’字，就给他取名哪
zhā ba
吒吧。”

gǎn xiè shén xiān cì míng qǐng shàng zuò shòu lǐ
“感谢神仙赐名，请上座，受李
jìng yí bài lǐ jìng shuō bà biàn yù xíng dà lǐ
靖一拜。”李靖说罢，便欲行大礼。

bú bì bú bì pín dào hái yǒu shì zài
“不必，不必。贫道还有事在
shēn xiān gào cí le tài yǐ zhēn rén shuō wán biàn lí
身，先告辞了。”太乙真人说完，便离

kāi le
开了。

èr
（二）

dōng qù chūn lái zhuǎn yǎn jiān qī nián guò qù
冬去春来，转眼间，七年过去
le nà né zhā yuè fā huó pō ji ling suī shuō shēng
了。那哪吒越发活泼机灵，虽说生
xìng yǒu diǎn tiáo pí dàn yě méi fàn xià shén me dà cuò
性有点调皮，但也没犯下什么大错。
fū qī èr rén jiàn jiàn xǐ huan shàng le zhè ge hái zi
夫妻二人渐渐喜欢上了这个孩子。
zhè nián de liù yuè tiān qì yì cháng yán rè yì tiān
这年的六月，天气异常炎热。一天，
né zhā lái dào hé biān tā tuō diào yī fu tiào jìn hé
哪吒来到河边。他脱掉衣服，跳进河
zhōng bǎ qī chǐ hùn tiān líng fàng zài shuǐ lǐ zhàn shuǐ xǐ
中，把七尺混天绫放在水里，蘸水洗
zǎo shuí zhī zhè hé shì jiǔ wān hé nǎi dōng hǎi de
澡。谁知，这河是九湾河，乃东海的
chū kǒu né zhā jiāng hùn tiān líng fàng zài shuǐ zhōng bǎ shuǐ
出口。哪吒将混天绫放在水中，把水
dōu yìng hóng le bǎi yi bǎi xiān qǐ dà làng yáo yi
都映红了。摆一摆，掀起大浪；摇一
yáo jiāng hé huàng dòng né zhā wán de zhèng gāo xìng
摇，江河晃动。哪吒玩得正高兴，
què bù zhī dào hé dǐ de shuǐ jīng gōng bèi tā jiǎo de huàng gè
却不知道河底的水晶宫被他搅得晃个

bù tíng xiā bīng xiè jiàng men yí gè gè shuāi de bí qīng liǎn
不停，虾兵蟹将们一个个摔得鼻青脸
zhǒng dōng hǎi lóng wáng yě bèi zhèn de diē xià lóng yǐ lái
肿，东海龙王也被震得跌下龙椅来。
tā qì jí bài huài de mìng lìng xún hǎi yè chā nǐ
他气急败坏地命令巡海夜叉：“你，
nǐ nǐ kuài qù kàn kan jiū jìng shì shén me yāo niè zài zuò
你，你快去看看究竟是什么妖孽在作
guài bǎ tā yā dào shuǐ jīng gōng lái
怪！把他押到水晶宫来！”

yè chā zuān chū shuǐ miàn yí kàn yuán lái shì gè xiǎo
夜叉钻出水面一看，原来是个小
wá wa zài xǐ zǎo biàn pò kǒu dà mà nǎ lái de
娃娃在洗澡，便破口大骂：“哪来的
yě hái zi jū rán gǎn zhèn dòng wǒ men de shuǐ jīng gōng
野孩子！居然敢震动我们的水晶宫？
xiān chī wǒ yì fǔ tóu shuō bà tā jǔ qǐ fǔ tóu
先吃我一斧头！”说罢，他举起斧头
biàn kǎn né zhā kě jī ling la lián máng bǎ shēn zi
便砍。哪吒可机灵啦，连忙把身子
yì shǎn qǔ xià qián kūn quān xiàng yè cha rēng qù bié
一闪，取下乾坤圈，向夜叉扔去。别
kàn zhè xiǎo xiǎo de qián kūn quān jìng bǐ yí zuò dà shān hái
看这小小的乾坤圈，竟比一座大山还
zhòng zhèng hǎo dǎ zhòng yè chā de nǎo dai yí xià zi
重，正好打中夜叉的脑袋，一下子
jiù bǎ tā dǎ sǐ le
就把他打死了。

né zhā xiào zhe shuō zhè ge chǒu bā guài yì
哪吒笑着说：“这个丑八怪，一
diǎn dōu bù jīng dǎ bǎ wǒ de qián kūn quān dōu nòng zāng
点都不经打，把我的乾坤圈都弄脏

le shuō zhe tā zuò zài shí tou shàng bǎ qián kūn
了。”说着，他坐在石头上，把乾坤
quān pào zài shuǐ lǐ xǐ le yòu xǐ nǎ zhī qián kūn
圈泡在水里，洗了又洗。哪知乾坤
quān zài shuǐ lǐ yí huàng dòng shuǐ jīng gōng biàn dōng dǎo xī
圈在水里一晃动，水晶宫便东倒西
wāi chà diǎn tā xià lái dōng hǎi lóng wáng xià de zuò
歪，差点塌下来。东海龙王吓得坐
yě bú shì zhàn yě bú shì zuǐ lǐ niàn dao zhe
也不是，站也不是，嘴里念叨着：
yè cha zěn me hái bù huí lái dào dǐ fā shēng le
“夜叉怎么还不回来？到底发生了
shén me shì qing zhèng zài zhè shí jǐ gè xiā bīng
什么事情？”正在这时，几个虾兵
huāng huāng zhāng zhāng de chuǎng jìn lái xiàng lóng wáng bào gào
慌慌张张地闯进来，向龙王报告：
bù bù bù hǎo le yè cha bèi yí gè
“不……不……不好了！夜叉被一个
xiǎo hái zi dǎ sǐ le
小孩子打死了。”

lóng wáng dà chī yì jīng qì de wā wā zhí jiào
龙王大吃一惊，气得哇哇直叫。
zhàn zài yì páng de lóng wáng sān tài zǐ máng shuō fù
站在一旁的龙王三太子忙说：“父
wáng bié zháo jí ràng hái ér qù shōu shi nà ge bù zhī
王别着急，让孩儿去收拾那个不知
tiān gāo dì hòu de jiā huo shuō wán tā qí shàng shuǐ
天高地厚的家伙！”说完，他骑上水
shòu shuài lǐng xiā bīng xiè jiàng hào hào dàng dàng de chū le
兽，率领虾兵蟹将浩浩荡荡地出了
lóng gōng
龙宫。

哪吒正在洗他的乾坤圈，猛然听到一阵轰鸣声，抬眼一看，只见一个怪物坐在水兽上冲出了水面，身后跟着一大群虾兵蟹将。三太子站在浪头上，大叫：“是谁打死了我家的巡海夜叉？”哪吒答道：“是我！陈塘关总兵李靖的三儿子哪吒！你是谁？”

“我是龙王三太子！你好大的胆子，竟敢打死夜叉！现在，我要将你捉拿到水晶宫，听我父王发落。”

“我在这里洗澡，又没招惹你家夜叉，他跑来就骂我，还用斧头砍我。难道这是我的错吗？”哪吒很不服气。

三太子根本不想听哪吒的解释，他举枪便刺。哪吒躲闪了好几次，可

shì sān tài zǐ jiù shì bú fàng guo tā né zhā jí le
是三太子就是不放过他。哪吒急了，
jiù bǎ hùn tiān líng yì rēng zhè hùn tiān líng mǎ shàng pēn chū
就把混天绫一扔。这混天绫马上喷出
yì tuán tuán huǒ yàn bǎ sān tài zǐ jǐn jǐn guǒ zhù né
一团团火焰，把三太子紧紧裹住，哪
zhā chèn jī jiāng tā lā xià shuǐ shòu shuāng jiǎo qí dào tā
吒趁机将他拉下水兽，双脚骑到他
de bó zi shàng sān tài zǐ dòng tan bu de né zhā yòu
的脖子上，三太子动弹不得。哪吒又
huī dòng qián kūn quān duì zhe sān tài zǐ de nǎo ménr dǎ
挥动乾坤圈，对着三太子的脑门儿打
qù sān tài zǐ dùn shí xiàn chū yuán xíng yuán lái shì tiáo
去。三太子顿时现出原形，原来是条
xiǎo qīng lóng né zhā bǎ tā tuō dào àn shàng xīn xiǎng
小青龙。哪吒把他拖到岸上，心想：
fù qīn shǎo yì gēn yāo dài wǒ bǎ zhè xiǎo lóng de lóng jīn
父亲少一根腰带，我把这小龙的龙筋
chōu chū lái cuō yì gēn yāo dài sòng gěi fù qīn bú
抽出来，搓一根腰带送给父亲，不
shì hěn hǎo ma tā jiù bǎ xiǎo lóng de lóng jīn chōu le chū
是很好吗？他就把小龙的龙筋抽了出
lái dài huí jiā qù le
来，带回家去了。

sān
（三）

lóng wáng tīng shuō zì jǐ de ér zi yě bèi né zhā dǎ
龙王听说自己的儿子也被哪吒打

sǐ le yòu shāng xīn yòu shēng qì hèn bu de mǎ
死了，又伤心，又生气，恨不得马
shàng jiù tì ér zi bào chóu tā suí jí huà shēn wéi yí
上就替儿子报仇。他随即化身为一
gè xiù cai zhí bèn chén táng guān lái dào le lǐ jìng mén
个秀才，直奔陈塘关来。到了李靖门
qián tā duì mén guān shuō qǐng nǐ kuài qù chuán bào
前，他对门官说：“请你快去传报，
yǒu lǎo péng you áo guǎng qián lái bài fǎng lǐ jìng tīng shuō
有老朋友敖广前来拜访。”李靖听说
dōng hǎi lóng wáng áo guǎng lái le máng chū lái yíng jiē
东海龙王敖广来了，忙出来迎接，
shuō qǐng jìn qǐng jìn xiōng zhǎng dà jià guāng lín
说：“请进请进，兄长大驾光临，
yǒu shī yuǎn yíng áo guǎng yì liǎn nù sè shuō
有失远迎。”敖广一脸怒色，说：
nǐ shēng de hǎo ér zi tā zài jiǔ wān hé xǐ zǎo
“你生的好儿子！他在九湾河洗澡，
bù zhī yòng hé fǎ shù jiāng wǒ de shuǐ jīng gōng jī hū
不知用何法术，将我的水晶宫几乎
zhèn dǎo wǒ pài yè chā lái kàn tā jiù jiāng wǒ de yè
震倒。我派夜叉来看，他就将我的夜
chā dǎ sǐ wǒ jiā sān tài zǐ lái kàn tā yòu jiāng wǒ
叉打死。我家三太子来看，他又将我
jiā sān tài zǐ dǎ sǐ hái bǎ tā de jīn dōu chōu le
家三太子打死，还把他的筋都抽了。
wǒ wǒ jué bù néng qīng ráo tā
我，我决不能轻饶他！”

lǐ jìng shuō xiōng zhǎng cuò guài wǒ le ba wǒ
李靖说：“兄长错怪我了吧？我
zhǎng zǐ zài jiǔ lóng shān xué yì èr zǐ zài jiǔ gōng shān
长子在九龙山学艺；二子在九宫山

学艺；三子才七岁，能打死人吗？”

龙王说：“就是你的三儿子。你不信，就把他找来问一问。”

李靖连忙到花园找哪吒，发现他正坐在那里搓着什么东西。哪吒见到父亲来了，高兴地说：“父亲大人，我今天打死了一条小龙，抽了他的筋，正在给你搓腰带呢。”

李靖吓得脸都变了色，知道儿子真的闯了大祸。他只好带着哪吒去见龙王。哪吒看见龙王就说：“龙王，我不是故意打死你家三太子的。他用枪刺我，我让了他好几次，可是他还一个劲地追着打我。我没法儿了才还手，不小心把他打死了。您瞧，这是从他身上抽下来的龙筋，还给您就是了。”

龙王看见儿子的龙筋，更加伤心了，说：“我的儿子能让你白白打死吗？我要到天宫去告你的状。”说完，他就乘着云彩上天宫去了。哪吒想：龙王要是真的告了状，那肯定要连累父亲，我得想个法子。他想起父亲曾说过，有个太乙真人愿意收他为徒，就赶紧去找师父帮忙。哪吒赶到乾元山金光洞，向师父说明了来意。太乙真人早就知道东海龙王横行霸道，每年都发大水淹死很多人，有时候又让一些地方多年不下雨。于是，他决定帮助哪吒。太乙真人在哪吒的胸前画了一道隐身符，让他在半路拦住告状的龙王。

哪吒来到南天门，看到东海龙王

zǒu le guò lái lì jí ná chū yǐn shēn fú shī zhǎn le
走了过来，立即拿出隐身符，施展了
yǐn shēn shù dōng hǎi lóng wáng gēn běn jiù kàn bú jiàn tā
隐身术。东海龙王根本就看不见他。
zhè shí né zhā jǔ qǐ qián kūn quān yí xià bǎ lóng wáng
这时，哪吒举起乾坤圈，一下把龙王
jī dǎo zài dì dùn shí lóng wáng xiàn chū le yuán xíng
击倒在地，顿时龙王现出了原形。
né zhā qǐng qiú lóng wáng yuán liàng tā kě shì lóng wáng zěn
哪吒请求龙王原谅他，可是龙王怎
me yě bù dā ying zhè kě bǎ né zhā rě huǒ le tā
么也不答应，这可把哪吒惹火了。他
yòu bǎ lóng wáng dǎ dǎo zài dì yì shǒu jiū zhù tā de
又把龙王打倒在地，一手揪住他的
yī fu yì shǒu jǐn jǐn wò zhe quán tóu wèn lóng wáng
衣服，一手紧紧握着拳头，问龙王：
nǐ hái yào gào zhuàng bù
“你还要告状不？”

lóng wáng qì de fā hūn shuō nǐ gǎn dǎ
龙王气得发昏，说：“你敢打
wǒ wǒ fēi gào nǐ de zhuàng bù kě
我，我非告你的状不可。”

né zhā huǒ mào sān zhàng bǎ shǒu shēn jìn lóng wáng de
哪吒火冒三丈，把手伸进龙王的
yī fu lǐ qù jiē tā shēn shàng de lín piàn tòng de
衣服里，去揭他身上的鳞片，痛得
lóng wáng zhí jiào jiù mìng xián zhí ráo mìng xián zhí ráo
龙王直叫救命：“贤侄饶命，贤侄饶
mìng wǒ bú gào zhuàng le
命，我不告状了。”

né zhā zhè cái sōng le shǒu shuō nà hǎo
哪吒这才松了手，说：“那好，

nǐ gēn wǒ huí qù ba tā pà lóng wáng bàn lù shàng
你跟我回去吧！”他怕龙王半路上
táo zǒu zài qù gào zhuàng jiù jiào lóng wáng biàn chéng yì tiáo
逃走再去告状，就叫龙王变成一条
xiǎo lóng zhǐ yǒu qiū yǐn nà me dà né zhā bǎ xiǎo lóng
小龙，只有蚯蚓那么大。哪吒把小龙
cáng zài xiù zi lǐ dài huí jiā qù le
藏在袖子里，带回家去了。

né zhā de fù qīn mǔ qīn zhèng zài jiā lǐ āi shēng tàn
哪吒的父亲母亲正在家里唉声叹
qì jiàn dào né zhā huí lái le biàn wèn nǐ zhè
气，见到哪吒回来了，便问：“你这
nì zǐ chuǎng xià zhè me dà de huò lóng wáng qù tiān
逆子，闯下这么大的祸。龙王去天
tíng gào zhuàng le zhè kě zěn me bàn né zhā shuō
庭告状了，这可怎么办？”哪吒说：
fù qīn mǔ qīn nǐ men bú yòng fā chóu lóng wáng
“父亲，母亲，你们不用发愁，龙王
bú huì qù gào zhuàng le
不会去告状了。”

lǐ jìng qì de zhǐ zhe né zhā de bí zi shuō
李靖气得指着哪吒的鼻子，说：
nǐ chuǎng le dà huò hái zài hú shuō bā dào
“你闯了大祸，还在胡说八道！”

zhēn de lóng wáng zài yě bú huì qù gào zhuàng
“真的，龙王再也不会去告状
le wǒ gǎn dào nán tiān mén lán zhù le tā bú ràng tā
了，我赶到南天门拦住了他，不让他
qù gào zhuàng tā dā ying le
去告状，他答应了。”

lǐ jìng bù xiāng xìn né zhā shuō nǐ bú
李靖不相信，哪吒说：“你不

xìn jiù wèn wen tā zì jǐ ba
信，就问问他自己吧。”

lǐ jìng bèi tā shuō de yì tóu wù shuǐ lóng wáng
李靖被他说得一头雾水：“龙王
zài nǎ lǐ ya
在哪里呀？”

lóng wáng zài wǒ xiù zi lǐ ne né zhā bǎ
“龙王在我袖子里呢。”哪吒把
xiù zi yì dǒu dǒu chū yì tiáo xiǎo lóng lái xiǎo lóng yì
袖子一抖，抖出一条小龙来。小龙一
zháo dì jiù biàn chéng lóng wáng le
着地，就变成龙王了。

lóng wáng è hěn hěn de shuō nǐ men děng zhe
龙王恶狠狠地说：“你们等着
ba wǒ yào qǐng nán hǎi xī hǎi běi hǎi de lóng wáng
吧！我要请南海、西海、北海的龙王
yì qí lái zhǎo nǐ men suàn zhàng bǎ nǐ men zhè ge dì fang
一齐来找你们算账，把你们这个地方
yān chéng yí piàn wāng yáng dà hǎi shuō wán jiù biàn
淹成一片汪洋大海。”说完，就变
zuò yí zhèn fēng zǒu le
作一阵风走了。

guò le yí huìr dōng hǎi lóng wáng zhēn de qǐng lái
过了一会儿，东海龙王真的请来
le nán hǎi xī hǎi běi hǎi de lóng wáng hái dài le
了南海、西海、北海的龙王，还带了
xǔ duō xiā bīng xiè jiàng lái dào chén táng guān lǐ jìng tīng shuō
许多虾兵蟹将来到陈塘关。李靖听说
le huāng máng chū mén yíng jiē dōng hǎi lóng wáng jiàn le
了，慌忙出门迎接。东海龙王见了
lǐ jìng dà jiào yì shēng xiān gěi wǒ bǎ tā bǎng qǐ
李靖，大叫一声：“先给我把他绑起

lái xiā bīng xiè jiàng yì yōng ér shàng bǎ lǐ jìng bǎng
来！”虾兵蟹将一拥而上，把李靖绑
le qǐ lái
了起来。

zhè shí hou né zhā cóng wū lǐ pǎo le chū lái
这时候，哪吒从屋里跑了出来，
duì dōng hǎi lóng wáng shuō dǎ sǐ yè cha de shì wǒ
对东海龙王说：“打死夜叉的是我，
dǎ sǐ sān tài zǐ de shì wǒ bǎ nǐ dǎ dǎo zài dì
打死三太子的是我，把你打倒在地、
jiē nǐ lín piàn de yě shì wǒ gēn wǒ fù qīn yì diǎnr
揭你鳞片的也是我，跟我父亲一点
guān xì dōu méi yǒu kuài fàng le wǒ fù qīn wǒ
儿关系都没有！快放了我父亲。我
yì rén zuò shì yì rén dāng yào shā yào guǎ suí nǐ
一人做事一人当，要杀要剐，随你
de biàn
的便！”

dōng hǎi lóng wáng bǎ yá chǐ yǎo de gē gē xiǎng shuō
东海龙王把牙齿咬得咯咯响，说：
wǒ yào shā le nǐ gěi wǒ de ér zi bào chóu
“我要杀了你，给我的儿子报仇。”

né zhā shuō hǎo a bú yòng nǐ men dòng
哪吒说：“好啊！不用你们动
shǒu wǒ zì jǐ lái shuō zhe tā chōu chū bǎo
手，我自己来。”说着，他抽出宝
jiàn zì jìn le sì hǎi lóng wáng zhǐ hǎo fàng kāi lǐ
剑，自尽了。四海龙王只好放开李
jìng shōu bīng huí qù le né zhā de mǔ qin jiàn ér zi
靖，收兵回去了。哪吒的母亲见儿子
dǎo dì shēn wáng tòng kū bù zhǐ dàng tiān wǎn shang né
倒地身亡，痛哭不止。当天晚上，哪

吒托梦给母亲，要她把自己的尸骨供在莲花娘娘庙中，兴许有一天他能还魂复生。母亲醒来后，便照梦中哪吒所说的去做了。

而哪吒的师父太乙真人听说哪吒死了，一点儿也不着急。过了七七四十九天，他便到荷花池里摘了荷花、荷叶，又挖了几节嫩藕，摆成一个人的样子，大叫一声："哪吒，哪吒，还不快快起来！"那荷花、荷叶和嫩藕马上变成了哪吒，就好像刚刚睡醒一样。

太乙真人又给了哪吒两件宝贝：一杆火尖枪，两只风火轮。哪吒脚踩风火轮，走起路来就像飞一样。从此，哪吒的本事更大了。

dà nào tiān gōng

大闹天宫

yī

（一）

cóng qián yǒu yí zuò huā guǒ shān shān shàng yǒu yí
从前，有一座花果山，山上有一
kuài xiān shí yì tiān xiān shí kāi liè bèng chū yí gè
块仙石。一天，仙石开裂，迸出一个
yuán yuán de shí luǎn yí zhèn fēng chuī lái shí luǎn jiù biàn
圆圆的石卵。一阵风吹来，石卵就变
chéng le yí gè huó bèng luàn tiào de shí hóu zhè ge shí
成了一个活蹦乱跳的石猴。这个石
hóu tiān xìng wán pí běn shi yě dà zài shān shàng zhǎo
猴天性顽皮，本事也大，在山上找
dào yí chù hǎo de zhù chù shuǐ lián dòng zhòng hóu fēng
到一处好的住处“水帘洞”，众猴封
tā wéi měi hóu wáng měi hóu wáng dài zhe zhòng hóu
他为“美猴王”。美猴王带着众猴
cǎi shān huā shí yě guǒ guò de hǎo bú kuài huo yí
采山花，食野果，过得好不快活。一

huàng jǐ bǎi nián guò qù le měi hóu wáng tū rán fán nǎo
晃，几百年过去了，美猴王突然烦恼

qǐ lái xiǎng yào xué xí cháng shēng bù lǎo zhī shù yú
起来，想要学习长生不老之术。于

shì tā piāo yáng guò hǎi bài pú tí lǎo zǔ wéi shī
是，他漂洋过海，拜菩提老祖为师。

pú tí lǎo zǔ gěi tā qǔ míng sūn wù kōng
菩提老祖给他取名“孙悟空”。

sūn wù kōng gēn zhe shī fu xué huì le qī shí èr bān
孙悟空跟着师父学会了七十二般

biàn huà jīn dǒu yún děng běn lǐng hòu yòu huí dào le huā
变化、筋斗云等本领后，又回到了花

guǒ shān tā kāi shǐ dài lǐng hóu sūn men cāo liàn wǔ yì
果山。他开始带领猴孙们操练武艺。

bú guò tā yòu fán nǎo qǐ lái yīn wèi tā méi yǒu yí
不过，他又烦恼起来，因为他没有一

jiàn chèn xīn rú yì de bīng qì yǒu yí gè jīng yàn fēng fù
件称心如意的兵器。有一个经验丰富

de lǎo hóu zi shàng qián xiàn cè dà wáng tīng shuō
的老猴子上前献策：“大王，听说

dōng hǎi lóng wáng yǒu bù shǎo bǎo bèi nǐ wèi hé bú qù
东海龙王有不少宝贝，你为何不去

tǎo yào yí jiàn lái zuò bīng qì ne zán men shuǐ lián dòng
讨要一件来做兵器呢？咱们水帘洞

pù bù xià miàn de shuǐ tán jiù zhí jiē tōng xiàng dōng hǎi lóng
瀑布下面的水潭就直接通向东海龙

gōng a
宫啊。”

sūn wù kōng tīng le zòng shēn yí yuè zhí bèn
孙悟空听了，纵身一跃，直奔

lóng gōng ér qù tā kàn zhòng le dōng hǎi lóng wáng de bǎo
龙宫而去。他看中了东海龙王的宝

bèi yí wàn sān qiān wǔ bǎi jīn zhòng de dìng hǎi shén zhēn
贝，一万三千五百斤重的定海神针。
wù kōng duì zhe shén zhēn shuō zài duǎn xiē zài xì
悟空对着神针说：“再短些，再细
xiē dìng hǎi shén zhēn jiù zhēn de biàn duǎn biàn xiǎo le
些。”定海神针就真的变短变小了，
chéng le tā de rú yì jīn gū bàng wù kōng huī wǔ
成了他的“如意金箍棒”。悟空挥舞
zhe jīn gū bàng yí lù dǎ le chū qù dǎ shāng le bù
着金箍棒，一路打了出去，打伤了不
shǎo xiā bīng xiè jiàng lóng wáng fēi cháng shēng qì jiù dào
少虾兵蟹将。龙王非常生气，就到
tiān tíng xiàng yù dì gào zhuàng
天庭向玉帝告状。

yù dì xiǎng pài tiān bīng tiān jiàng zhuō ná sūn wù kōng
玉帝想派天兵天将捉拿孙悟空，
tài bái jīn xīng quàn dào zhè shí hóu běn lǐng hěn dà
太白金星劝道：“这石猴本领很大，
bù rú qǐng tā dào tiān tíng fēng tā gè yì guān bàn zhí
不如请他到天庭，封他个一官半职，
zhè yàng kě yǐ guǎn zhì tā yù dì tóng yì le tài
这样可以管制他。”玉帝同意了。太
bái jīn xīng jiù dào rén jiān gào su sūn wù kōng yù dì
白金星就到人间，告诉孙悟空，玉帝
yào fēng tā zuò gè bì mǎ wēn sūn wù kōng gǎn dào hěn xīn
要封他做个弼马温。孙悟空感到很新
xiān jiù gēn zhe tài bái jīn xīng lái dào tiān tíng zuò qǐ
鲜，就跟着太白金星来到天庭，做起
le bì mǎ wēn kě shì yǒu yì tiān sūn wù kōng tīng bié
了弼马温。可是有一天，孙悟空听别
rén shuō bì mǎ wēn zhǐ shì zhī ma lì dà de guān fēi cháng
人说弼马温只是芝麻粒大的官，非常

shēng qì yòu huí dào huā guǒ shān qù bìng zì fēng wéi
生气，又回到花果山去，并自封为
qí tiān dà shèng yù dì wén yán dà nù tài
“齐天大圣”。玉帝闻言，大怒。太
bái jīn xīng yòu xiàng yù dì xiàn jì bì xià xī nù
白金星又向玉帝献计：“陛下息怒，
bù rú jiù fēng tā gè xū zhí zhè yàng tā jiù lǎo lǎo shí
不如就封他个虚职，这样他就老老实
shí de dāi zài tiān shàng le yù dì diǎn dian tóu biǎo shì
实地待在天上了。”玉帝点点头表示
tóng yì
同意。

yú shì sūn wù kōng yòu huí dào tiān shàng zuò qǐ
于是，孙悟空又回到天上，做起
le qí tiān dà shèng tā yě bú jì jiào guān zhí gāo
了“齐天大圣”。他也不计较官职高
dī fèng lù duō shao zhěng tiān dōng yóu xī dàng guǎng
低，俸禄多少，整天东游西荡，广
jiāo péng you hé tiān shén men yǐ xiōng dì xiāng chēng rì
交朋友，和天神们以兄弟相称，日
zi dào yě guò de wú yōu wú lǜ zì yóu zì zài
子倒也过得无忧无虑，自由自在。

yì tiān yù dì zǎo cháo yǒu rén qǐ zòu dào
一天，玉帝早朝，有人启奏道：
jīn yǒu qí tiān dà shèng wú shì xián yóu jié jiāo tiān
“今有齐天大圣，无事闲游，结交天
shàng zhòng shén bú lùn gāo dī dōu chēng péng you rú
上众神，不论高低，都称朋友。如
guǒ bù gěi tā yí jiàn shì qing zuò zuo kǒng pà rì zi jiǔ
果不给他一件事情做做，恐怕日子久
le huì rě shì shēng fēi yù dì tīng le jué de
了，会惹是生非。”玉帝听了，觉得

很有道理，随即就下令，让孙悟空管理蟠桃园。

孙悟空得令后，立即来到蟠桃园勘查。园中的土地告诉他，园中共有三千六百株桃树。前面的一千二百株，果实三千年成熟，人吃了可以成仙得道；中间的一千二百株，果实六千年成熟，人吃了可以长生不老；后面的一千二百株，果实九千年方能成熟，人吃了可以与天地齐寿。悟空听了，甚是欢喜，当即点清树木，回府休息。

一天，悟空见园中的桃子大部分都熟了，就想尝个新鲜。于是，他声称要休息片刻，支开土地，还有打扫、修剪之类的各色人等，偷偷爬

shàng táo shù tiāo shú tòu de dà táo chī le gè bǎo cóng
上桃树，挑熟透的大桃吃了个饱。从
cǐ yǐ hòu měi gé liǎng sān tiān tā jiù jìn yuán tōu chī
此以后，每隔两三天，他就进园偷吃
yí cì
一次。

pán táo shèng huì lín jìn qī wèi xiān nǚ tóu dǐng huā
蟠桃盛会临近，七位仙女头顶花
lán fèng wáng mǔ niáng niang zhī mìng jìn yuán zhāi táo qī
篮，奉王母娘娘之命进园摘桃。七
wèi xiān nǚ jìn le yuán zi què bú jiàn qí tiān dà shèng
位仙女进了园子，却不见齐天大圣。
yuán lái sūn wù kōng chī le jǐ gè táo zi biàn zuò èr
原来，孙悟空吃了几个桃子，变作二
cùn lái cháng de xiǎo rénr tǎng zài dà shù shāo tóu shuì zháo
寸来长的小人儿，躺在大树梢头睡着
le qī wèi xiān nǚ zài yuán zhōng dōng zhāng xī wàng fā
了。七位仙女在园中东张西望，发
xiàn shù shàng de guǒ shí gēn wǎng nián xiāng bǐ shǎo de kě
现树上的果实跟往年相比，少得可
lián hǎo bù róng yì tā men fā xiàn yì kē gāo dà de
怜。好不容易，她们发现一棵高大的
shù shàng guà zhe yí gè bàn hóng bàn bái de táo jiù bǎ
树上，挂着一个半红半白的桃，就把
shù zhī chě xià lái zhǔn bèi zhāi táo méi xiǎng dào wù
树枝扯下来，准备摘桃。没想到，悟
kōng zhèng hǎo shuì zài zhè kē shù shàng bèi jīng xǐng le
空正好睡在这棵树上，被惊醒了，
tā lì jí biàn huí yuán lái de yàng zi cóng ěr duo lǐ
他立即变回原来的样子，从耳朵里
tāo chū jīn gū bàng jiào dào nǐ men shì hé fāng guài
掏出金箍棒，叫道：“你们是何方怪

wu dǎn gǎn lái tōu zhāi xiān táo qī wèi xiān nǚ huāng
物？胆敢来偷摘仙桃？”七位仙女慌
de lián máng yì qǐ guì xià shuō dào dà shèng xī
得连忙一起跪下，说道：“大圣息
nù wáng mǔ niáng niang yào kāi shè pán táo shèng huì suǒ
怒！王母娘娘要开设蟠桃盛会，所
yǐ pài wǒ děng lái zhāi qǔ xiān táo bù xiǎng jīng rǎo le
以派我等来摘取仙桃。不想，惊扰了
dà shèng wàn wàng shù zuì wù kōng tīng le máng
大圣，万望恕罪！”悟空听了，忙
ràng xiān nǚ men qǐ lái bìng xún wèn pán táo shèng huì dōu qǐng
让仙女们起来，并询问蟠桃盛会都请
le nǎ xiē rén dāng wù kōng dé zhī tā bìng bú zài yāo qǐng
了哪些人。当悟空得知他并不在邀请
de míng dān zhōng biàn shǐ le gè dìng shēn fǎ bǎ qī wèi
的名单中，便使了个定身法，把七位
xiān nǚ dìng zài táo shù zhī xià zì jǐ jià zhe yì duǒ xiáng
仙女定在桃树之下，自己驾着一朵祥
yún zhí bèn yáo chí ér qù
云，直奔瑶池而去。

zǒu dào bàn lù shàng wù kōng yù dào le chì jiǎo
走到半路上，悟空遇到了赤脚
dà xiān tā xīn shēng yí jì xiào mī mī de còu shàng
大仙，他心生一计，笑眯眯地凑上
qián wèn dào dà xiān dào shén me dì fang qù
前，问道：“大仙到什么地方去？”
dà xiān dào qù fù pán táo shèng huì a wù
大仙道：“去赴蟠桃盛会啊！”悟
kōng shuō dà xiān yǒu suǒ bù zhī yù dì yīn wèi wǒ
空说：“大仙有所不知，玉帝因为我
de jīn dǒu yún pǎo de kuài gù pài wǒ lái tōng zhī gè wèi
的筋斗云跑得快，故派我来通知各位

dà xiān xiān dào tōng míng diàn xíng lǐ rán hòu zài qù fù
大仙，先到通明殿行礼，然后再去赴

yàn chì jiǎo dà xiān xìn yǐ wéi zhēn biàn bō zhuǎn
宴。”赤脚大仙信以为真，便拨转

xiáng yún wǎng tōng míng diàn qù le
祥云，往通明殿去了。

wù kōng jiàn le tōu tōu yí xiào niàn shēng zhòu
悟空见了，偷偷一笑，念声咒

yǔ yáo shēn yí biàn biàn zuò chì jiǎo dà xiān de mú
语，摇身一变，变作赤脚大仙的模

yàng qián wǎng yáo chí jìn rù yáo chí dà shèng fā
样，前往瑶池。进入瑶池，大圣发

xiàn fù yàn de zhòng xiān hái méi yǒu dào zhuō àn shang bǎi
现赴宴的众仙还没有到，桌案上摆

fàng zhe shān zhēn hǎi wèi qí zhēn yì guǒ hū rán wù
放着山珍海味、奇珍异果。忽然，悟

kōng wén dào yí zhèn jiǔ xiāng zhuǎn tóu yí kàn yuán lái
空闻到一阵酒香，转头一看，原来

shì jǐ gè tóng zǐ tái shàng lái jǐ wèng yù yè qióng jiāng
是几个童子抬上来几瓮玉液琼浆，

fāng xiāng pū bí wù kōng chán de zhí liú kǒu shuǐ tā
芳香扑鼻。悟空馋得直流口水，他

bá xià jǐ gēn háo máo jiāng háo máo biàn chéng jǐ gè kē
拔下几根毫毛，将毫毛变成几个瞌

shuì chóng chuī dào tóng zǐ děng rén de liǎn shàng zhè xiē rén
睡虫，吹到童子等人的脸上，这些人

lì jí hū hū dà shuì wù kōng tiào dào zhuō shang duān
立即呼呼大睡。悟空跳到桌上，端

qǐ měi jiǔ kāi huái chàng yǐn tā chī bǎo hē zú hòu
起美酒，开怀畅饮。他吃饱喝足后，

yáo yáo huàng huàng zǒu chū yáo chí bù xiǎo xīn jìng zǒu
摇摇晃晃走出瑶池，不小心，竟走

dào le tài shàng lǎo jūn de dōu shuài gōng lǐ gōng lǐ méi
到了太上老君的兜率宫里。宫里没
yǒu rén liàn dān lú páng biān fàng zhe wǔ gè hú lu hú
有人，炼丹炉旁边放着五个葫芦，葫
lu lǐ zhuāng zhe liàn jiù de jīn dān wù kōng jiàn le
芦里装着炼就的金丹。悟空见了，
jué de xīn xiān jiù bǎ hú lu lǐ de jīn dān quán bù dào
觉得新鲜，就把葫芦里的金丹全部倒
chū lái chī le chī wán jīn dān hòu wù kōng jiǔ xǐng
出来，吃了。吃完金丹后，悟空酒醒
le zhī dào zì jǐ chuǎng le dà huò gǎn jǐn huí huā guǒ
了，知道自己闯了大祸，赶紧回花果
shān qù le
山去了。

èr
（二）

què shuō nà qī wèi xiān nǚ bèi shī le dìng shēn fǎ
却说那七位仙女被施了定身法
hòu yì tiān hòu fāng néng jiě tuō huí zòu wáng mǔ niáng
后，一天后方能解脱，回奏王母娘
niang pán táo yuán zhōng dà táo bàn gè dōu méi yǒu xiǎng
娘，蟠桃园中，大桃半个都没有，想
bì shì nà qí tiān dà shèng tōu chī le xiān táo wáng mǔ
必是那齐天大圣偷吃了仙桃。王母
tīng le qù jiàn yù dì bǎ wù kōng tōu chī xiān táo de
听了，去见玉帝，把悟空偷吃仙桃的
shì qing gào su le yù dì shuō huà jiān jǐ gè niàng jiǔ
事情告诉了玉帝。说话间，几个酿酒

的仙官来禀告：“不知什么人，搅乱了蟠桃大会，偷吃了山珍海味，偷喝了玉液琼浆。”接着，太上老君来奏：“老道宫中的金丹，不知被何人偷了。”玉帝正在疑虑，赤脚大仙又前来上奏：“昨日赴蟠桃大会，偶遇齐天大圣，通知我先去通明殿，却久久不见一个人。”

玉帝听到这些报告，特别生气，料定都是孙悟空干的，就命令李天王和哪吒率领十万天兵，布下十八层天罗地网，把花果山围住，一定要将孙悟空捉拿归案。但是，天兵天将们都不是悟空的对手，他们费了九牛二虎之力，只捉了些虎豹、狼虫，一个猴精都没有捉到。李天王无奈，上奏给玉帝，求助再添一些神兵天将。玉帝接到奏章时，恰好观音菩萨在场。观音菩萨因王母娘娘请她赴宴，见瑶池内没有往日的热闹，反而显得残乱，所以得空前来询问缘由。当观音菩萨得知十万天兵都敌不过孙悟空，便建议让玉帝的外甥二郎神到花果山捉拿孙悟空。

二郎神欣然奉命，带领梅山六兄弟，点了些精兵良将，杀向花果山。悟空见了二郎神，笑嘻嘻的，高声叫道：“你是何方小将，也敢到此挑战？”二郎神喝骂道：“你这泼猴，有眼无珠，我乃玉帝外甥二郎神，奉玉帝之命，到此捉拿你这弼马温！”

说完，二郎神摇身一变，变得身

gāo wàn zhàng jǔ dāo kǎn xiàng wù kōng wù kōng yě biàn
高万丈，举刀砍向悟空。悟空也变
de gēn èr láng shén yì bān gāo dà jǔ qǐ jīn gū bàng
得跟二郎神一般高大，举起金箍棒，
dǐ zhù èr láng shén de dāo liǎng rén dǎ de nán fēn nán
抵住二郎神的刀。两人打得难分难
jiě méi shān liù xiōng dì jiàn wù kōng zhè shí gù bú shàng
解。梅山六兄弟见悟空这时顾不上
tā men chèn jī shā jìn le shuǐ lián dòng wù kōng jiàn shuǐ
他们，趁机杀进了水帘洞。悟空见水
lián dòng zhōng hóu sūn men sì chù táo sàn tā xīn lǐ yì
帘洞中，猴孙们四处逃散，他心里一
huāng biàn zuò má què fēi shàng le shù shāo tóu èr
慌，变作麻雀，飞上了树梢头。二
láng shén jiàn le jiù biàn chéng le è yīng zhāng kāi chì
郎神见了，就变成了饿鹰，张开翅
bǎng pū xiàng má què wù kōng sōu de yì shēng
膀，扑向麻雀。悟空“嗖”的一声，
biàn chéng yì zhī dà lù cí chōng tiān ér qù èr láng
变成一只大鹭鹚，冲天而去。二郎
shén jí máng biàn chéng yì zhī dà hǎi hè zuān shàng yún xiāo
神急忙变成一只大海鹤，钻上云霄
qù zhuó wù kōng hū de yì shēng biàn chéng yì
去啄。悟空“呼”的一声，变成一
tiáo yú zuān rù shuǐ zhōng èr láng shén jiù biàn chéng yú
条鱼，钻入水中。二郎神就变成鱼
yīng zài shuǐ miàn shàng děng hòu wù kōng jiàn le jí
鹰，在水面上等候。悟空见了，急
máng biàn zuò yì tiáo shuǐ shé yóu dào àn biān zuān rù
忙变作一条水蛇，游到岸边，钻入
cǎo cóng èr láng shén jiù biàn chéng hóng dǐng huī hè shēn
草丛。二郎神就变成红顶灰鹤，伸

着长嘴，要吃水蛇。水蛇跳起来，变成一只花鸨。二郎神见悟空变得低贱，就现出真身，取出弹弓，朝着花鸨就打。悟空一不留神，被打得站立不稳，趁机滚下山坡，变成一座土地庙，大张着嘴，好似个庙门，舌头变作菩萨，眼睛变作窗户，尾巴变作一根旗杆。

二郎神追过来，见有个旗杆立在庙的后面，就知道是悟空变的土地庙。他正想用脚踢门，用拳头捣窗户。悟空就“扑”的一个虎跳，驾上筋斗云跑了。二郎神也驾上一朵云，追了过去。两人边走边打，一直打到花果山跟前。各路天兵神将一拥而上，把悟空团团围住。此时，玉帝、

guān yīn pú sà tài shàng lǎo jūn děng rén zhèng zài nán tiān
观音菩萨、太上老君等人正在南天
mén guān zhàn tài shàng lǎo jūn chèn jī bǎ jīn gāng tào cháo
门观战，太上老君趁机把金刚套朝
sūn wù kōng rēng guò qù zhèng zài fèn zhàn de wù kōng
孙悟空扔过去。正在奋战的悟空，
bù zhī dào tiān shàng huì zhuì xià zhè yàng yí gè bīng qì bèi
不知道天上会坠下这样一个兵器，被
dǎ zhòng tóu bù shuāi le yì jiāo èr láng shén yǔ qí
打中头部，摔了一跤。二郎神与其
tā tiān shén yì yōng ér shàng àn zhù wù kōng yòng shéng suǒ
他天神一拥而上，按住悟空，用绳索
bǎng le zhí wǎng tōng míng diàn ér qù
绑了，直往通明殿而去。

sān
（三）

yù dì mìng lìng zhòng tiān bīng jiāng sūn wù kōng bǎng zài
玉帝命令众天兵将孙悟空绑在
zhǎn yāo tái shàng dàn bú lùn yòng dāo kǎn fǔ duò hái
斩妖台上。但不论用刀砍斧剁，还
shi yòng léi dǎ huǒ shāo dōu bù néng shāng tā yì gēn háo
是用雷打火烧，都不能伤他一根毫
máo yù dì wén yán yě bù zhī dào rú hé chǔ zhì
毛。玉帝闻言，也不知道如何处治。
tài shàng lǎo jūn yīn wèi xiān dān bèi wù kōng tōu chī shí fēn
太上老君因为仙丹被悟空偷吃，十分
shēng qì biàn qǐ zòu yù dì bǎ wù kōng fàng dào bā guà
生气，便启奏玉帝，把悟空放到八卦

lú lǐ róng liàn yù dì tīng le suí jí yìng yǔn yú
炉里熔炼。玉帝听了，随即应允。于
shì wù kōng bèi dài dào dōu shuài gōng tài shàng lǎo jūn
是，悟空被带到兜率宫，太上老君
bǎ tā tuī jìn bā guà lú lǐ mìng shāo huǒ de tóng zǐ shǐ
把他推进八卦炉里，命烧火的童子使
jìn shān huǒ kān lú de dào ren hǎo shēng kān zhe guò le
劲扇火，看炉的道人好生看着。过了
qī qī sì shí jiǔ tiān tài shàng lǎo jūn mìng lìng kāi lú
七七四十九天，太上老君命令开炉
qǔ dān wù kōng tīng dào shēng xiǎng zhēng yǎn kàn jiàn guāng
取丹。悟空听到声响，睁眼看见光
míng zòng shēn yí tiào chū le dān lú zhè ge dà shèng
明，纵身一跳，出了丹炉。这个大圣
bú dàn méi yǒu huà wéi huī jìn fǎn ér liàn jiù le yì shuāng
不但没有化为灰烬，反而炼就了一双
huǒ yǎn jīn jīng tā cóng ěr zhōng tāo chū jīn gū
“火眼金睛”。他从耳中掏出金箍
bàng yí lù dōng dǎ xī dǎ yì zhí dǎ dào tōng míng diàn
棒，一路东打西打，一直打到通明殿
shàng xìng hǎo yǒu sān shí liù yuán léi jiàng gǎn lái hù jià
上。幸好有三十六员雷将赶来护驾，
bǎ dà shèng wéi zài zhōng jiān zhǐ jiàn zhè dà shèng shǒu wǔ
把大圣围在中间。只见这大圣手舞
rú yì jīn gū bàng biàn zuò sān tóu liù bì zhòng léi shén
如意金箍棒，变作三头六臂，众雷神
dōu bù néng kào jìn tā
都不能靠近他。

yù dì jiàn zhòng shén dí bú guò sūn wù kōng jí máng
玉帝见众神敌不过孙悟空，急忙
pài rén qù xī tiān qǐng rú lái fó zǔ rú lái tīng le
派人去西天请如来佛祖。如来听了，

随即唤了阿傩、迦叶两位尊者，来到灵霄殿外。悟空现出原身，厉声高叫道：“你是何方神圣？敢来阻止我！”如来笑道：“我乃西方极乐世界释迦牟尼尊者。我今天想跟你打个赌，如果你有本领，一筋斗翻出我的右手掌，就算你赢。我请玉帝到西方居住，把天宫让给你。如果你翻不出我的右手掌，就请你下界为妖，再经历一些磨难。”

悟空一听，暗自高兴，心想：这个如来好呆！我一筋斗十万八千里，还跳不出他的手掌心？于是，悟空就收了金箍棒，轻轻一跳，站在如来的手心，喊了声：“俺老孙去也！”悟空驾着筋斗云，飞驰而去。忽然，

wù kōng kàn jiàn qián miàn yǒu wǔ gēn ròu hóng sè de zhù zi
悟空看见前面有五根肉红色的柱子，
xīn xiǎng zhè kěn dìng shì tiān biān le yù dì de líng xiāo
心想：这肯定是天边了，玉帝的灵霄
diàn děi ràng gěi wǒ zuò le yòu yì xiǎng děi liú xià yí
殿得让给我坐了。又一想，得留下一
gè jì hao hǎo yǔ rú lái shuō huà tā suí jí bá
个记号，好与如来说话。他随即拔
xià yì gēn háo máo biàn chéng yì zhī bǐ zài zhōng jiān
下一根毫毛，变成一支笔，在中间
de yì gēn zhù zi shàng xiě xià yì háng dà zì qí
的一根柱子上写下一行大字：“齐
tiān dà shèng dào cǐ yì yóu xiě wán shōu le háo
天大圣，到此一游。”写完，收了毫
máo yòu pǎo dào dì yī gēn zhù zi xià sā le yì pāo hóu
毛，又跑到第一根柱子下撒了一泡猴
niào rán hòu yòu jià qǐ jīn dǒu yún huí dào rú lái fó
尿，然后又驾起筋斗云，回到如来佛
shǒu zhǎng lǐ dà shēng shuō dào kuài qǐng yù dì bǎ
手掌里，大声说道：“快请玉帝把
tiān gōng ràng gěi wǒ rú lái fó shuō nǐ zhè niào
天宫让给我！”如来佛说：“你这尿
jīng hóu zi nǐ gēn běn jiù méi yǒu lí kāi guo wǒ de shǒu
精猴子，你根本就没有离开过我的手
zhǎng wù kōng bù fú yào rú lái gēn tā qù kàn kan
掌。”悟空不服，要如来跟他去看看
liú zài tiān biān de jì hao rú lái fó ràng wù kōng kàn kan
留在天边的记号。如来佛让悟空看看
tā yòu shǒu de zhōng zhǐ zài wén wen dà mǔ zhǐ wù kōng
他右手的中指，再闻闻大拇指。悟空
zhēng dà yǎn jing yí kàn zhǐ jiàn fó zǔ de yòu shǒu zhōng
睁大眼睛一看，只见佛祖的右手中

zhǐ shàng liú yǒu tā xiě de nà bā gè dà zì dà mǔ zhǐ
指上留有他写的那八个大字，大拇指
hái yǒu xiē hóu niào de qì wèi wù kōng dà chī yì jīng
还有些猴尿的气味。悟空大吃一惊：
wǒ bú xìn wǒ yì diǎnr yě bú xìn wǒ bǎ zì
“我不信，我一点儿也不信，我把字
xiě zài chēng tiān de zhù zi shàng zěn me què zài nǐ shǒu
写在撑天的柱子上。怎么却在你手
zhǐ shàng děng wǒ qù kàn kan zài shuō wù kōng zhuǎn
指上？等我去看看再说。”悟空转
shēn xiǎng pǎo rú lái fó shǒu jí yǎn kuài fǎn shǒu yì
身想跑，如来佛手疾眼快，反手一
pū jiāng wù kōng tuī chū xī tiān mén wài yòu jiāng wǔ zhǐ
扑，将悟空推出西天门外，又将五指
fēn bié huà zuò jīn mù shuǐ huǒ tǔ wǔ zuò lián
分别化作金、木、水、火、土五座联
shān qǔ míng jiào wǔ xíng shān jiāng wù kōng yā zài
山，取名叫“五行山”，将悟空压在
shān xià
山下。

yù dì shè yàn gǎn xiè rú lái fó zǔ jiù zài zhòng
玉帝设宴感谢如来佛祖，就在众
shén xiān yǐn jiǔ zhī shí xún shì líng guān huí lái bào gào
神仙饮酒之时，巡视灵官回来报告：
nà hóu zi bǎ tóu shēn chū lái le fó zǔ yì
“那猴子把头伸出来了！”佛祖一
tīng jiù cóng xiù zi lǐ qǔ chū yì zhāng tiě zi dì gěi
听，就从袖子里取出一张帖子，递给
ā nuó jiào tiē zài nà shān dǐng shàng ā nuó lǐng le tiě
阿傩，叫贴在那山顶上。阿傩领了帖
zi lái dào shān dǐng tiē zài yí kuài sì sì fāng fāng de
子，来到山顶，贴在一块四四方方的

shí tou shàng nà zuò shān de fèng lì kè hé qǐ lái le
石头上。那座山的缝立刻合起来了。

rú lái cí bié yù dì zhòng shén lù guò wǔ xíng
如来辞别玉帝众神，路过五行
shān yòu fā le cí bēi xīn jiào lái tǔ dì shén bìng
山，又发了慈悲心，叫来土地神，并
duì tǔ dì shén shuō rú guǒ tā è le jiù gěi tā
对土地神说：“如果他饿了，就给他
yì xiē tiě wán zi chī kě le jiù bǎ róng huà de tóng
一些铁丸子吃；渴了，就把熔化的铜
shuǐ gěi tā hē děng guò xiē rì zi zì rán huì yǒu rén
水给他喝。等过些日子，自然会有人
lái jiù tā
来救他。”

guǒ zhēn guò le wǔ bǎi nián cóng dōng tǔ dà táng
果真，过了五百年，从东土大唐
lái de táng sēng jīng guò zhè lǐ jiē le tiē zài shān shàng
来的唐僧经过这里，揭了贴在山上
de tiě zi yì shí jiān shān bēng dì liè xiǎng shēng
的帖子，一时间，山崩地裂，响声
zhèn tiān wù kōng cóng shān zhōng tiào le chū lái guì bài
震天，悟空从山中跳了出来，跪拜
zài táng sēng de mǎ qián dǎ zhè yǐ hòu wù kōng biàn gēn
在唐僧的马前。打这以后，悟空便跟
suí táng sēng wǎng xī tiān qǔ jīng qù le hòu lái
随唐僧，往西天取经去了。后来，
tā men yòu shōu le bā jiè shā sēng hé bái lóng mǎ
他们又收了八戒、沙僧和白龙马。
shī tú sì rén yí lù xiáng yāo zhuō guài jīng lì le
师徒四人，一路降妖捉怪，经历了
jiǔ jiǔ bā shí yī nàn zuì zhōng qǔ dé le zhēn jīng
九九八十一难，最终取得了真经。

bǎo lián dēng

宝莲灯

yī

（一）

chuán shuō yǒu yì nián wáng mǔ niáng niang guò shēng rì
传说有一年，王母娘娘过生日
de shí hou tiān shàng de gè lù shén xiān dōu qù wèi tā zhù
的时候，天上的各路神仙都去为她祝
shòu yù huáng dà dì de xiǎo nǚ ér sān shèng mǔ hé diàn
寿。玉皇大帝的小女儿三圣母和殿
qián de jīn tóng yě gēn zhe qù cān jiā shēng rì yàn huì bài
前的金童也跟着去参加生日宴会。拜
shòu qī jiān sān shèng mǔ hé jīn tóng yǒu shuō yǒu xiào
寿期间，三圣母和金童有说有笑，
hái hù xiāng zhuī zhú dǎ nào zhòng shén xiān kàn le fēn
还互相追逐打闹。众神仙看了，纷
fēn yáo tóu rèn wéi yǒu shī tǐ tǒng bù jiǔ zhè jiàn
纷摇头，认为有失体统。不久，这件
shì chuán dào le yù dì de ěr duo lǐ tā fēi cháng shēng
事传到了玉帝的耳朵里。他非常生

qì jiù bǎ sān shèng mǔ biǎn dào huà shān ràng tā dú zì
气，就把三圣母贬到华山，让她独自
jū zhù zài lián huā fēng dǐng de shèng mǔ diàn lǐ yòu bǎ jīn
居住在莲花峰顶的圣母殿里，又把金
tóng dǎ rù fán jiān zài yě bù néng shàng tiān wéi shén
童打入凡间，再也不能上天为神。

sān shèng mǔ cóng tiān tíng lái dào huà shān dài lái le
三圣母从天庭来到华山，带来了
yí jiàn shén qí de fǎ bǎo bǎo lián dēng jù shuō
一件神奇的法宝——宝莲灯。据说，
zhè bǎo lián dēng shì dāng nián nǚ wā niáng niang bǔ tiān yòng de
这宝莲灯是当年女娲娘娘补天用的
wǔ sè shén huǒ huà shēn ér chéng yǒu zhe wú qióng de fǎ
五色神火化身而成，有着无穷的法
lì zhǐ yào bǎo lián dēng sàn fā chū guāng máng rèn hé
力。只要宝莲灯散发出光芒，任何
shén xiān yāo mó dōu wú fǎ duì kàng zhǐ néng wàng dēng ér
神仙妖魔都无法对抗，只能“望灯而
táo sān shèng mǔ jiè zhe zhè zhǎn shén dēng wèi guò
逃”。三圣母借着这盏神灯，为过
wǎng de rén men xiāo zāi chú nàn huà shān jiǎo xià de lǎo bǎi
往的人们消灾除难。华山脚下的老百
xìng wú lùn yù dào shén me kùn nan dōu huì qù shèng mǔ diàn
姓无论遇到什么困难，都会去圣母殿
qiú qiān jiě yōu yīn cǐ shèng mǔ diàn de míng qi yuè lái
求签解忧。因此，圣母殿的名气越来
yuè dà
越大。

zài shuō nà jīn tóng xià fán zhī hòu tuō shēng zài le
再说那金童下凡之后，托生在了
yí gè xìng liú de rén jiā qǔ míng liú yàn chāng liú yàn
一个姓刘的人家，取名刘彦昌。刘彦

昌从小就聪明过人，长相出众，深得刘家人的喜爱。刘家给他请了专门的老师，每天教他读诗写文。到了刘彦昌二十岁的时候，他的学识已远远超出了一般人，尤其是写得一手好文章。父母便让他赴京赶考。

刘彦昌路过华山时，听人说西峰顶上的三圣母十分灵验，就想去求一个签，问问此次赶考的前程如何。

那天，三圣母正在殿上轻歌曼舞，以打发无聊的时光。突然，她发现一个年轻书生跨进了庙门，急忙登上莲花宝座，化为一尊塑像。

走进大殿的刘彦昌，看到三圣母的塑像美丽、端庄、温柔，一下子被深深吸引住了，只觉得眼前的塑像似曾相识，好像前世有缘，心想：要是我能娶她做妻子该多好啊！可惜，这只是一尊不会说话的塑像。刘彦昌怀着深深的遗憾，抑制不住内心的激动，取出笔墨，在圣母殿的墙壁上题诗一首：

华山风景如仙境，人面桃花似相识。
寻她只在梦中见，敢问今生可有缘？

三圣母默默地看着刘彦昌，心里十分矛盾：眼前这位书生英俊潇洒，我又何尝不喜欢他？可是，一个是上界仙女，一个是下界凡人，根本无法走到一起。三圣母只能保持沉默。刘彦昌题诗完毕，恋恋不舍地离开了

shèng mǔ diàn tā méi zǒu duō yuǎn shān zhōng hū rán qǐ
圣母殿。他没走多远，山中忽然起
le dà wù gēn běn kàn bù qīng qián fāng de dào lù ér
了大雾，根本看不清前方的道路。而
cǐ shí de sān shèng mǔ yě kàn dào le shān zhōng dà wù
此时的三圣母，也看到了山中大雾
sì qǐ tā bù miǎn dān xīn qǐ liú yàn chāng lái lián
四起，她不免担心起刘彦昌来，连
máng tí zhe bǎo lián dēng chū le mén dāng tā kuài yào gǎn
忙提着宝莲灯出了门。当她快要赶
shàng liú yàn chāng shí zhǐ jiàn liú yàn chāng zhèng shǒu jiǎo bìng
上刘彦昌时，只见刘彦昌正手脚并
yòng de mō suǒ qián xíng sān shèng mǔ gāng zhǔn bèi gēn tā
用地摸索前行。三圣母刚准备跟他
dǎ zhāo hu qià qiǎo jiù zài zhè shí yì tóu měng hǔ téng
打招呼，恰巧就在这时，一头猛虎腾
shēn yí yuè xiàng liú yàn chāng pū guò qù shuō shí chí
身一跃，向刘彦昌扑过去。说时迟
nà shí kuài sān shèng mǔ gǎn jǐn yòng shén dēng yí zhào
那时快，三圣母赶紧用神灯一照，
měng hǔ táo zǒu le nóng wù yě sàn le liú yàn chāng
猛虎逃走了，浓雾也散了。刘彦昌
rèn chū jiù tā de zhèng shì měi lì de sān shèng mǔ fēi
认出救他的正是美丽的三圣母，非
cháng jī dòng jǐn jǐn lā zhù sān shèng mǔ de shǒu bù
常激动，紧紧拉住三圣母的手，不
kěn fàng kāi sān shèng mǔ xiǎng le xiǎng zhōng yú jué dìng
肯放开。三圣母想了想，终于决定
bú gù tiān tiáo jìn lìng yǔ liú yàn chāng jié wéi fū qī
不顾天条禁令，与刘彦昌结为夫妻。
hūn hòu liǎng rén shēng huó fēi cháng měi mǎn hěn kuài
婚后，两人生活非常美满。很快，

刘彦昌的考期临近，而此时，三圣母已有孕在身。上京赶考前，刘彦昌赠给三圣母一块祖传沉香，说日后生子可以“沉香”为名。二人十里相送，难舍难分。

刘彦昌走后没多久，小沉香就出

shì le xiǎo chén xiāng zhǎng de kě ài jí le sān shèng
世了。小沉香长得可爱极了，三圣
mǔ kàn zài yǎn lǐ xǐ zài xīn tóu mǎn yuè zhè tiān
母看在眼里，喜在心头。满月这天，
sān shèng mǔ hé yā huan líng zhī yì qǐ wèi xiǎo chén xiāng bàn
三圣母和丫鬟灵芝一起为小沉香办
le mǎn yuè jiǔ tiān tíng zhōng de yì xiē hǎo jiě mèi yě fēn
了满月酒，天庭中的一些好姐妹也纷
fēn qián lái zhù hè
纷前来祝贺。

bù zhī dào shì shuí zǒu lòu le fēng shēng sān shèng mǔ
不知道是谁走漏了风声，三圣母

的哥哥二郎神知道了这件事。他听说妹妹瞒着他私嫁凡人，居然还生下孩子，气得肺都要炸了。二郎神怒气冲冲地来到圣母殿，要捉三圣母上天庭接受惩罚。三圣母哀求哥哥看在小沉香刚刚满月的分上，不要把她带走，她要留在这里等候刘彦昌。可二郎神哪里肯听，他派出天兵天将，放出哮天犬，坚决要将三圣母带走。三圣母只好用宝莲灯来护身。见三圣母拿出宝莲灯，二郎神败下阵来，收起天兵天将，先回去了。三圣母知道哥哥肯定不会轻易放过她，就让灵芝带着沉香赶快找到刘彦昌，并嘱咐将孩子留在他身边，好好抚养，千万不要到圣母殿来。

cǐ shí shàng jīng gǎn kǎo de liú yàn chāng yǐ jīn bǎng
此时，上京赶考的刘彦昌已金榜
tí míng bèi fēng wéi yáng zhōu xún fǔ tā gāng xiǎng zài
题名，被封为扬州巡抚。他刚想在
shàng rèn qián dào huà shān yǔ qī ér tuán jù shuí zhī bàn
上任前，到华山与妻儿团聚，谁知半
lù shàng yù dào le líng zhī líng zhī jiāng shì qing de jīng guò
路上遇到了灵芝。灵芝将事情的经过
gào su le liú yàn chāng bìng yào tā láo láo jì zhù sān shèng
告诉了刘彦昌，并要他牢牢记住三圣
mǔ de zhǔ fù liú yàn chāng zhǐ dé hán lèi qù le yáng
母的嘱咐。刘彦昌只得含泪去了扬
zhōu yì xīn yí yì de fǔ yǎng hái zi
州，一心一意地抚养孩子。

zài shuō nà èr láng shén méi yǒu zhòng zhòng de chéng
再说那二郎神，没有重重地惩
fá sān shèng mǔ nǎ kěn bà xiū yǒu yì tiān tā
罚三圣母，哪肯罢休？有一天，他
mìng lìng xiào tiān quǎn chèn sān shèng mǔ xiū xi zhī jì jiāng
命令哮天犬趁三圣母休息之际，将
bǎo lián dēng tōu le chū lái shī qù le bǎo lián dēng sān
宝莲灯偷了出来。失去了宝莲灯，三
shèng mǔ yí xià zi jiù bèi èr láng shén zhuō zhù le jiù zhè
圣母一下子就被二郎神捉住了。就这
yàng kě lián de sān shèng mǔ bèi èr láng shén yā zài le huà
样，可怜的三圣母被二郎神压在了华
shān xià de hēi yún dòng zhōng yǒng yuǎn bù dé chū lái
山下的黑云洞中，永远不得出来。

（二）

三圣母在暗无天日的洞中度日如年。她思念自己的丈夫，更想念自己的儿子。而沉香一天天长大，也渐渐懂事了，他知道母亲被压在华山下受苦，就一心想救出母亲。沉香把救母的想法对父亲说了，无奈刘彦昌自叹是一介文弱书生，说：“孩子，算了吧，你那舅舅神通广大，你哪是他的对手？”沉香咬咬牙，说：“这个狠心的舅舅，太可恨了，我一定要救出母亲！”

于是，沉香便独自离家去找母亲。他历尽千辛万苦，终于来到了华山脚下。可是，母亲在哪里呢？这个

zhǐ yǒu shí suì de hái zi wàng zhe gāo sǒng rù yún de huà
只有十岁的孩子，望着高耸入云的华
shān bù zhī suǒ cuò fàng shēng dà kū qǐ lái chén
山，不知所措，放声大哭起来。沉
xiāng de kū hǎn jīng dòng le lù guò cǐ dì de pī lì dà
香的哭喊惊动了路过此地的霹雳大
xiān hǎo xīn de pī lì dà xiān wèn qīng yuán yóu bèi chén
仙。好心的霹雳大仙问清缘由，被沉
xiāng de yí piàn xiào xīn gǎn dòng le tā gào su chén xiāng
香的一片孝心感动了。他告诉沉香，
yào xiǎng jiù chū zì jǐ de mǔ qīn bì xū liàn jiù yì shēn
要想救出自己的母亲，必须练就一身
wǔ yì dǒng shì de chén xiāng tīng le lì jí guì bài zài
武艺。懂事的沉香听了，立即跪拜在
pī lì dà xiān miàn qián yào dà xiān shōu tā wéi tú pī
霹雳大仙面前，要大仙收他为徒。霹
lì dà xiān tóng yì le tā jiāng chén xiāng dài huí zì jǐ de
雳大仙同意了，他将沉香带回自己的
zhù suǒ xī xīn jiāo tā wǔ yì chén xiāng zài dà xiān de
住所，悉心教他武艺。沉香在大仙的
zhǐ diǎn xià kè kǔ rèn zhēn de liàn xí jiàn jiàn xué huì
指点下，刻苦认真地练习，渐渐学会
le bǎi bān wǔ yì qī shí èr biàn shí liù suì shēng rì
了百般武艺、七十二变。十六岁生日
nà tiān chén xiāng xiàng shī fu cí xíng yào qù huà shān
那天，沉香向师父辞行，要去华山
jiù mǔ
救母。

pī lì dà xiān duì chén xiāng shuō hái zi yào
霹雳大仙对沉香说：“孩子，要
xiǎng jiù chū nǐ de mǔ qīn nǐ hái bì xū zhǎo dào bǎo lián
想救出你的母亲，你还必须找到宝莲

昆仑
真君庙

dēng hé yì bǎ pī shān de shén fǔ
灯和一把劈山的神斧。”

bǎo lián dēng zài nǎ lǐ shén fǔ yòu zài nǎ
“宝莲灯在哪里？神斧又在哪

lǐ chén xiāng jí qiè de wèn
里？”沉香急切地问。

bǎo lián dēng céng shì nǐ mǔ qīn de bǎo wù hòu
“宝莲灯曾是你母亲的宝物，后

lái bèi èr láng shén tōu qù cáng zài tā de zhēn jūn miào
来被二郎神偷去，藏在他的真君庙

lǐ nǐ yào xiǎng bàn fǎ ná dào bǎo lián dēng zài qù kūn
里。你要想办法拿到宝莲灯，再去昆

lún shān zhǎo shén fǔ
仑山找神斧。”

chén xiāng tīng le lì jí kāi shǐ gǎn lù tā lái
沉香听了，立即开始赶路。他来

dào èr láng shén de zhēn jūn miào qián chèn xiào tiān quǎn dǎ kē
到二郎神的真君庙前，趁哮天犬打瞌

shuì de gōng fu xùn sù jìn rù zhēn jūn miào de dì gōng
睡的工夫，迅速进入真君庙的地宫，

ná zǒu le bǎo lián dēng chén xiāng tí zhe bǎo lián dēng gāng
拿走了宝莲灯。沉香提着宝莲灯，刚

zǒu chū zhēn jūn miào yíng miàn pèng shàng le èr láng shén
走出真君庙，迎面碰上了二郎神。

chén xiāng gǎn máng shàng qián shī lǐ qǐng qiú èr láng shén kuān
沉香赶忙上前施礼，请求二郎神宽

shù zì jǐ de mǔ qīn ràng tā chū lái yǔ jiā rén tuán
恕自己的母亲，让她出来与家人团

jù èr láng shén yì tīng yuán lái yǎn qián de xiǎo huǒ zi
聚。二郎神一听，原来眼前的小伙子

jiù shì dāng nián mèi mei shēng xià de xiǎo hái qì bù dǎ yí
就是当年妹妹生下的小孩，气不打一

chù lái jǔ dāo jiù yào kǎn chén xiāng chén xiāng lián máng
处来，举刀就要砍沉香。沉香连忙
cè shēn yì duǒ èr láng shén jǐn zhuī bú fàng chén xiāng gǎn
侧身一躲，二郎神紧追不放，沉香赶
jǐn ná chū bǎo lián dēng yí zhào cái bǎi tuō le jiù jiu de
紧拿出宝莲灯一照，才摆脱了舅舅的
zhuī shā
追杀。

chén xiāng yǒu le bǎo lián dēng hǎo xiàng tiān le yì
沉香有了宝莲灯，好像添了一
gǔ shén lì tā mǎ bù tíng tí de gǎn wǎng kūn lún shān
股神力。他马不停蹄地赶往昆仑山，
yào zhǎo dào shén fǔ jù shuō nà shén fǔ jiù zài kūn lún shān
要找到神斧。据说那神斧就在昆仑山
de hán bīng dòng lǐ zhǐ shì cóng lái méi yǒu rén gǎn zǒu
的寒冰洞里，只是从来没有人敢走
jìn qù
进去。

chén xiāng yì diǎnr dōu méi yóu yù yǒng gǎn de
沉香一点儿都没犹豫，勇敢地
zǒu jìn le hán bīng dòng hū hū de hán qì zhí wǎng chén
走进了寒冰洞。呼呼的寒气直往沉
xiāng de shēn shàng chuī jiù zài tā kuài yào bèi dòng jiāng de
香的身上吹，就在他快要被冻僵的
shí hou huái lǐ de bǎo lián dēng tū rán fā chū qiáng liè de
时候，怀里的宝莲灯突然发出强烈的
guāng máng hán qì jiù bù gǎn zài kào jìn chén xiāng le
光芒，寒气就不敢再靠近沉香了。
kān shǒu shén fǔ de tiān shén jiàn dào chén xiāng rú cǐ yǒng gǎn
看守神斧的天神见到沉香如此勇敢，
biàn bú zài zǔ lán tā qǔ zǒu shén fǔ
便不再阻拦他取走神斧。

yǒu le bǎo lián dēng yòu yǒu le shén fǔ chén xiāng
有了宝莲灯，又有了神斧，沉香
gāo xìng jí le tā yí lù téng yún jià wù lái dào huà
高兴极了。他一路腾云驾雾，来到华
shān hēi yún dòng qián tā dà shēng hū huàn mǔ qīn shēng
山黑云洞前。他大声呼唤母亲，声
yīn chuán rù le sān shèng mǔ ěr zhōng sān shèng mǔ zhī dào
音传入了三圣母耳中。三圣母知道
shì ér zi lái jiù zì jǐ le jī dòng bù yǐ jiù dà
是儿子来救自己了，激动不已，就大
shēng yìng dào ér ya niáng zài zhè lǐ
声应道：“儿呀，娘在这里。”

chén xiāng tīng dào le mǔ qīn de shēng yīn mǎ shàng
沉香听到了母亲的声音，马上
gāo jǔ shén fǔ fèn lì xiàng huà shān pī qù zhǐ jiàn
高举神斧，奋力向华山劈去，只见
wàn dào jīn guāng shǎn guò fēng dǐng liè kāi le yí gè dà kǒu
万道金光闪过，峰顶裂开了一个大口
zi sān shèng mǔ huǎn huǎn de zǒu le chū lái chén xiāng
子。三圣母缓缓地走了出来。沉香
rēng xià shén fǔ yǔ mǔ qīn jǐn jǐn de bào zài yì qǐ
扔下神斧，与母亲紧紧地抱在一起。

liú yàn chāng tīng dào ér zi chén xiāng jiù chū mǔ qīn de
刘彦昌听到儿子沉香救出母亲的
xiāo xi lì jí cí guān lái dào huà shān hé qī ér tuán
消息，立即辞官来到华山，和妻儿团
jù zhōng yú yì jiā rén yòu néng gòu xìng fú de shēng
聚。终于，一家人又能够幸福地生
huó zài yì qǐ le
活在一起了。

hú lu wá

葫芦娃

cóng qián zài yí zuò xiǎo xiǎo de shān cūn lǐ zhù
从前，在一座小小的山村里，住
zhe yí hù rén jiā zhǐ yǒu mǔ nǚ liǎ mǔ qīn xīn dì
着一户人家，只有母女俩。母亲心地
shàn liáng zhī de yì shǒu hǎo bù nǚ ér chūn jiě xīn líng
善良，织得一手好布；女儿春姐心灵
shǒu qiǎo xiù de yì shǒu hǎo huā
手巧，绣得一手好花。

yí gè chūn tiān de zǎo chen mǔ qīn zài yuàn zi lǐ
一个春天的早晨，母亲在院子里
zhī bù chūn jiě zài yuàn zi lǐ xiù huā hū rán yì
织布，春姐在院子里绣花，忽然，一
zhī shòu shāng de xiǎo yàn zi diào zài le tā liǎ miàn qián
只受伤的小燕子掉在了她俩面前。
mǔ qīn gǎn máng pěng qǐ xiǎo yàn zi wèi tā bāo zā shāng
母亲赶忙捧起小燕子，为它包扎伤
kǒu chūn jiě qīng qīng de fǔ mō xiǎo yàn zi wèi tā zuò
口；春姐轻轻地抚摸小燕子，为它做
le shū fu de xiǎo wō zài mǔ nǚ liǎ de xì xīn zhào liào
了舒服的小窝。在母女俩的细心照料

下，小燕子的伤很快就好了，又能在蓝天下自由地飞来飞去啦！不过，小燕子不愿离开母女俩。每天早晨，它飞出去觅食；傍晚时分，准时回到春姐为它做的小窝里过夜。过了几天，小燕子飞回来时，嘴里衔着一粒金黄色的葫芦子。它把葫芦子放在春姐的手中，还绕着院子不停地叫，好像要告诉春姐什么。母女俩就把这粒葫芦子种在了院子里。第二天早晨，种子居然发芽了，不出几天，就长出一丈多长的葫芦藤，爬在院墙上，还开出了一朵白色的大花。十几天后，这朵白色的花结出了一个大葫芦。春姐忍不住伸手摸了摸这个大葫芦，只听见“叭”的一声，葫芦裂开了，从

里面跳出个一寸来长的小娃娃。

这个白白胖胖的小娃娃，一跳出来就会说话，甜甜地喊：“春姐，春姐！”小娃娃又看着春姐妈，脆脆地喊，“妈妈，妈

ma mǔ nǚ liǎ kě xǐ huan zhè ge xiǎo wá wa le
妈！”母女俩可喜欢这个小娃娃了，
gěi tā qǔ míng jiào hú lu wá bié kàn hú lu wá
给他取名叫“葫芦娃”。别看葫芦娃
gè tóur xiǎo què shì gè cōng míng qín láo de hái zi
个头儿小，却是个聪明勤劳的孩子。
mǔ qīn zhī bù tā jiù zài zhī bù jī shàng tiào lái tiào
母亲织布，他就在织布机上跳来跳
qù bāng mǔ qīn jiē xiàn tóu chūn jiě xiù huā tā jiù
去，帮母亲接线头；春姐绣花，他就
zài yì páng chuān zhēn yǐn xiàn hái bāng máng miáo huà tú àn
在一旁穿针引线，还帮忙描画图案
ne yì jiā sān kǒu rì zi guò de hěn bú cuò
呢！一家三口日子过得很不错！

zhuǎn yǎn jiān dào le qiū tiān yì tiān bàng wǎn
转眼间，到了秋天。一天傍晚，
tū rán tiān kōng zhōng wū yún gǔn gǔn yí zhèn kuáng fēng
突然，天空中乌云滚滚，一阵狂风
chuī lái bǎ chūn jiě juǎn zǒu le mǔ qīn hé hú lu wá
吹来，把春姐卷走了。母亲和葫芦娃
jí huài le tā men dào chù xún zhǎo chūn jiě zhǎo le
急坏了，他们到处寻找春姐，找了
sān tiān sān yè yě bú jiàn chūn jiě de shēn yǐng mǔ qīn
三天三夜，也不见春姐的身影。母亲
hé hú lu wá bù jīn tòng kū qǐ lái jiù zài tā men shāng
和葫芦娃不禁痛哭起来。就在他们伤
xīn kū qì de shí hou nà zhī xiǎo yàn zi fēi dào tā men
心哭泣的时候，那只小燕子飞到他们
de shēn biān luò zài hú lu wá jiǎo xià hú lu wá máng
的身边，落在葫芦娃脚下。葫芦娃忙
wèn yàn zi yàn zi nǐ kě zhī dào wǒ jiā chūn
问：“燕子，燕子，你可知道我家春

姐在什么地方？”燕子说：“我就是来告诉你这件事的，春姐被青龙山魔王洞的一个绿脸妖怪抓走了，赶快去救她吧！”

葫芦娃谢过了燕子，辞别了母亲，一刻不停地向青龙山出发了。他翻过了九重山，蹚过了九条河，终于来到了青龙山的魔王洞。葫芦娃跳进洞中，到处寻找春姐。他走到一间石头屋子前，听到了春姐的哭声。于是，他跳上窗户，轻轻叫了两声：“春姐，春姐！”春姐一看是葫芦娃，连忙用手将他抱了下来。春姐告诉葫芦娃：“妖怪把我抢来，天天逼着我跟他成亲，看来我只有死路一条了。以后，只能靠你孝敬母亲了。

此地不可久留，你趁着妖怪正在睡觉，赶紧离开这个是非之地。”葫芦娃说：“春姐，别担心，我就是来救你的。”春姐说：“这个妖怪神通广大，你一个小娃娃怎么斗得过他？他把我锁在这里，钥匙被他成天挂在身上。你还是赶快走吧！”葫芦娃听罢，说了声：“我有办法。”便从窗户跳了出去。

葫芦娃悄悄找到绿脸妖怪住的石头屋子，从窗户跳进卧房，见那妖怪睡得正香呢！于是，葫芦娃轻巧地跳到床上，在妖怪身上摸钥匙。他刚摸到钥匙，还没来得及取下，妖怪醒了，“呼”的一声坐了起来。妖怪看见一个寸把长的娃娃站在面

qián qì de dà hǒu dà jiào nǎ lǐ lái de xiǎo dōng
前，气得大吼大叫：“哪里来的小东
xi jìng gǎn chuǎng jìn wǒ de fáng jiān lǜ liǎn yāo guài
西？竟敢闯进我的房间！”绿脸妖怪
cháo zhe hú lu wá pū qù hú lu wá duǒ jìn le shí tou
朝着葫芦娃扑去，葫芦娃躲进了石头
zhù zi de xiǎo kū long lǐ zhè xià kě nán zhù le yāo
柱子的小窟窿里，这下，可难住了妖
guài zhuā yě zhuā bú dào dǎ yě dǎ bù zháo yāo guài
怪，抓也抓不到，打也打不着，妖怪
jí de tuán tuán zhuàn hú lu wá xiào zhe shuō wǒ zài
急得团团转。葫芦娃笑着说：“我在
zhè lǐ kàn nǐ ná wǒ zěn me bàn yāo guài qì fēng
这里，看你拿我怎么办？”妖怪气疯

le zhāng kāi dà zuǐ yǎo duàn le shí tou zhù zi zhǐ
了，张开大嘴，咬断了石头柱子，只
tīng hōng de yì shēng zhù zi duàn le shí wū zi
听“轰”的一声，柱子断了，石屋子
tā le yāo guài bèi yā sǐ le duǒ zài kū long lǐ de
塌了，妖怪被压死了，躲在窟窿里的
hú lu wá méi yǒu shāng dào yì gēn háo máo tā cóng kū long
葫芦娃没有伤到一根毫毛。他从窟窿
lǐ tiào chū lái qǔ zǒu yāo guài de yào shi lái dào suǒ
里跳出来，取走妖怪的钥匙，来到锁
zhe chūn jiě de shí wū mén qián tā tiào dào mén huán shàng
着春姐的石屋门前。他跳到门环上，
dǎ kāi le suǒ jiù chū le chūn jiě
打开了锁，救出了春姐。

cóng cǐ mǔ qīn zhī bù chūn jiě xiù huā hú
从此，母亲织布，春姐绣花，葫
lu wá máng zhe zhòng dì yì jiā rén yòu guò shàng le xìng
芦娃忙着种地，一家人又过上了幸
fú de shēng huó
福的生活。

yú tóng

渔童

cóng qián yǒu gè lǎo yú wēng qī zi sǐ de

从前，有个老渔翁，妻子死得

zǎo xī xià wú ér wú nǚ yí gè rén gū kǔ líng dīng

早，膝下无儿无女，一个人孤苦伶仃

de shēng huó tā bái tiān jiù jià zhe yú chuán zài hé shàng

地生活。他白天就驾着渔船在河上

dǎ yú wǎn shang jiù bǎ xiǎo chuán tíng zài àn biān zài

打鱼，晚上就把小船停在岸边，在

chuánshàng guò yè

船上过夜。

zhè nián liù yuè hé shuǐ yòu zhǎng le shuǐ dà làng

这年六月，河水又涨了。水大浪

jí làng tou yì cuān lǎo gāo lǎo yú wēng zài hé shàng

急，浪头一蹿老高。老渔翁在河上

dǎ le dà bàn bèi zi yú le tā zhī dào zài hé shuǐ měng

打了大半辈子鱼了，他知道在河水猛

zhǎng de shí hou yào xià hé dǎ yú nà shuǐ làng fēi xiān

涨的时候，要下河打鱼，那水浪非掀

fān nǐ de chuán bù kě kàn lái méi fǎ dǎ yú le

翻你的船不可。看来，没法打鱼了。

kě shì bù dǎ yú wǎng hòu de rì zi zěn me guò
可是，不打鱼，往后的日子怎么过
ya lǎo yú wēng hái zhǐ wàng zhe měi tiān duō dǎ yì diǎn
呀？老渔翁还指望着每天多打一点
yú mài le qián mǎi gè xīn mù pén hán dōng là yuè
鱼，卖了钱，买个新木盆，寒冬腊月
de shí hou kě yǐ zài chuán shàng xǐ xi zǎo kě lián
的时候，可以在船上洗洗澡。可怜
zhè lǎo yú wēng lán tiān shì tā de wū dǐng hé shuǐ shì
这老渔翁，蓝天是他的屋顶，河水是
tā de yù pén xīng yuè jiù shì tā de dēng guāng a
他的浴盆，星月就是他的灯光啊。
yì tiān yì tiān guò qù le shuǐ liú hái shi hěn jí shuǐ
一天一天过去了，水流还是很急，水
shì jiàn zhǎng bú jiàn luò lǎo yú wēng xīn lǐ fēi cháng zháo
势见涨不见落。老渔翁心里非常着
jí dōu méi xīn si shuì jiào le tā zhěng yè de zuò zài
急，都没心思睡觉了。他整夜地坐在
hé biān dīng zhe nà gǔn gǔn de shuǐ làng xī wàng làng tou
河边，盯着那滚滚的水浪，希望浪头
néng gǎn kuài píng xī
能赶快平息。

yì tiān yè lǐ lǎo yú wēng zhèng zuò zài hé biān fā
一天夜里，老渔翁正坐在河边发
dāi hū jiàn hé miàn shàng pū pū de mào qǐ yì
呆，忽见河面上“噗噗”地冒起一
tuán jīn huǒ xiàng yān huā shì de shǎn shǎn shuò shuò
团金火，像烟花似的，闪闪烁烁，
yí huìr míng yí huìr àn fēi cháng hǎo kàn lǎo
一会儿明，一会儿暗，非常好看。老
yú wēng hěn nà mèn zhè shì shén me ne nán dào shì hé
渔翁很纳闷，这是什么呢？难道是河

里闹宝？这团金火闪呀闪的，一直到天亮时才熄灭。老渔翁暗自寻思：我从小就听老一辈人讲过，这条河里有宝贝，年轻的人看不见它，懒惰的人摸不着它，凶恶的人得不到它。我一把年纪了，辛辛苦苦地打鱼，踏踏实实地过日子，从不与人争抢，莫不是上天让我遇上宝贝了？这金火一直亮了三夜，老渔翁就一眨不眨地瞅了三夜。

第四天夜里，金火又冒出水面了，似乎离老渔翁又近了一些。“嘿！不管怎样，撒一网再说吧！”老渔翁想罢，就把网绳接长，把绳头系在腰上，迎着水浪，开船下河，一直向那团金火划去。

chuán gāng rù hé, jiù bèi làng
船刚入河，就被浪

tou dǎ de dōng yáo xī huàng, kě zhēn
头打得东摇西晃，可真

xiǎn ya! lǎo yú wēng jǐn jǐn wěn
险呀！老渔翁紧紧稳

zhù chuán tóu, huá ya, huá
住船头，划呀，划

ya, yí ge jìnr de xiàng
呀，一个劲儿地向

zhe jīn huǒ huá qù。 yǎn
着金火划去。眼

kàn kào jìn le, tā máng
看靠近了，他忙

chě kāi yú wǎng, pāo
扯开渔网，抛

sǎ xià qù lǎo yú wēng kě shì dǎ yú de lǎo shǒu le
撒下去。老渔翁可是打鱼的老手了，
bù piān bù xié yú wǎng yí xià zhào zhù le jīn huǒ jīn
不偏不斜，渔网一下罩住了金火，金
huǒ lì kè àn le xià qù zhè shí hou yí gè dà làng
火立刻暗了下去。这时候，一个大浪
tou dǎ lái chuán měng de yì wāi huā
头打来，船猛地一歪，“哗——”
yí xià zi guàn jìn le bàn chuán shuǐ yǎn kàn chuán yào chén
一下子灌进了半船水。眼看船要沉
le lǎo yú wēng de xīn pēng pēng zhí tiào tā bǎ yǎn
了！老渔翁的心怦怦直跳，他把眼
yí bì bǎ yá yì yǎo shǐ gè měng jìn yì huá jìng
一闭，把牙一咬，使个猛劲一划，竟
chōng chū le jí liú bǎ chuán huá dào àn biān lái le
冲出了急流，把船划到岸边来了！

lǎo yú wēng zhè cái sōng le kǒu qì tā gǎn máng
老渔翁这才松了口气。他赶忙
bǎ chuán tíng wěn bǎ chuán lǐ de shuǐ yǎo gān zuò xià
把船停稳，把船里的水舀干，坐下
lái xiē kǒu qì zhī hòu tā màn màn bǎ wǎng fàng kāi
来歇口气。之后，他慢慢把网放开，
xiǎng chǒu chou lǐ miàn jiū jìng shì shén me dōng xi
想瞅瞅里面究竟是什么东西。

tā jiè zhe tiān shàng de yuè guāng yí kàn yuán lái shì
他借着天上的月光一看，原来是
yí gè bái yù zuò chéng de yú pén gēn pǔ tōng rén jiā de
一个白玉做成的鱼盆：跟普通人家的
xǐ liǎn pén yí yàng dà xiǎo pén dǐ shàng kè zhe yí duì xiǎo
洗脸盆一样大小。盆底上刻着一对小
jīn yú jīn yú sì zhōu kè zhe qīng shuǐ de xì bō wén
金鱼，金鱼四周刻着清水的细波纹；

yì zhī yè bǐng cóng jīn yú shēn biān shēn xiàng pén yán pén yán
一枝叶柄从金鱼身边伸向盆沿，盆沿
shàng kè zhe liǎng piàn dà dà de lǜ hé yè tuō zhe yì duǒ
上刻着两片大大的绿荷叶托着一朵
fěn hóng de dà hé huā hé huā shàng zuò zhe yí gè xiǎo yú
粉红的大荷花；荷花上坐着一个小渔
tóng tóu shàng shū yí duì hēi zhuā ji hóng ǎo lǜ
童，头上梳一对黑髽髻，红袄，绿
kù guāng zhe jiǎo yā pàng dū dū de huái lǐ bào zhe
裤，光着脚丫，胖嘟嘟的，怀里抱着
yì gēn diào yú gān
一根钓鱼竿。

lǎo yú wēng yí bèi zi hái méi jiàn guo zhè me piào liang
老渔翁一辈子还没见过这么漂亮
xīn xiān de wán yìr tā pěng zhe yú pén zuǒ kàn yòu
新鲜的玩意儿！他捧着鱼盆，左看右
kàn shě bù dé diū xià nà xiǎo yú tóng suī shì kè zài
看，舍不得丢下。那小渔童虽是刻在
pén yán shàng de dàn lǎo yú wēng yí kàn tā zǒng jué
盆沿上的，但老渔翁一看他，总觉
zhe tā yě zài kàn zhe lǎo yú wēng fǎng fú zhèng duì zhe lǎo
着他也在看着老渔翁，仿佛正对着老
yú wēng xiào ne lǎo yú wēng xīn lǐ měi zī zī de rěn
渔翁笑呢！老渔翁心里美滋滋的，忍
bú zhù xiào chū shēng lái jué zhe zǒng suàn méi bái mào xiǎn
不住笑出声来，觉着总算没白冒险。

lǎo yú wēng hěn xǐ huan zhè ge yú pén měi tiān shuì
老渔翁很喜欢这个鱼盆，每天睡
jiào qián dōu yào gēn yú pén liáo shàng jǐ jù zì dǎ qī
觉前，都要跟鱼盆聊上几句。自打妻
zi guò shì hòu jiā lǐ yì zhí lěng lěng qīng qīng de xiàn
子过世后，家里一直冷冷清清的，现

zài tiān le gè yú pén lǎo yú wēng jiù bǎ tā dàng zuò jiā
在添了个鱼盆，老渔翁就把它当作家
lǐ de yì kǒu rén le
里的一口人了。

jiù zhè yàng guò le jǐ gè yuè yì tiān yè
就这样，过了几个月。一天夜
lǐ lǎo yú wēng zhèng zài shuì mèng zhōng hū rán yǒu xiǎng
里，老渔翁正在睡梦中，忽然有响
dòng bǎ tā chǎo xǐng le lǎo yú wēng zhēng yǎn yí kàn
动把他吵醒了。老渔翁睁眼一看，
fàng zài yú chuán shàng de nà ge yú pén jìng hū lā
放在渔船上的那个鱼盆，竟“呼啦
hū lā de mào qǐ jīn guāng lái le jīn guāng yí
呼啦”地冒起金光来了！金光一
mào nà kē hé huā yí xià zi huó le yè bǐng shàng dǐng
冒，那棵荷花一下子活了；叶柄上顶
zhe lǜ yè yǔ fěn hé huā yì zhí wǎng shàng zhǎng yuè
着绿叶与粉荷花，一直往上长，越
lái yuè gāo yuè zhǎng yuè dà zhǎng ya zhǎng ya
来越高，越长越大——长呀长呀，
nà yè bǐng yì wān hé yè hé huā tíng tíng yù lì de
那叶柄一弯，荷叶、荷花亭亭玉立地
chēng zài le yú chuán shàng zhè shí nà yú tóng yě zhǎng
撑在了渔船上。这时，那渔童也长
dà le yě huó le tā cóng hé huā shàng zhàn qǐ lái
大了，也活了！他从荷花上站起来，
káng zhe yú gān zuǐ ér yì liě xiào xī xī de duì zhe
扛着鱼竿，嘴儿一咧，笑嘻嘻地对着
yú pén shuō dào
鱼盆说道：

yú pén yú pén yáo yao
鱼盆鱼盆摇摇，

qīng shuǐ qīng shuǐ piāo piao
清水清水漂漂！

nà yú pén lì kè zì jǐ yì yáo huàng pén lǐ lì
那鱼盆立刻自己一摇晃，盆里立

kè yǒu le yì wāng qīng shuǐ jiē zhe yú tóng yòu cháo yú
刻有了一汪清水。接着，渔童又朝鱼

pén xiào xī xī de shuō dào
盆笑嘻嘻地说道：

qīng shuǐ qīng shuǐ liú liu
清水清水流流，

jīn yú jīn yú yóu you
金鱼金鱼游游！

nà qīng shuǐ lì kè fàn qǐ bō wén dǎ zhe xuán
那清水立刻泛起波纹，打着漩

ér huā huā xiǎng qǐ lái nà duì xiǎo jīn yú yě
儿，“哗哗”响起来。那对小金鱼也

lì kè huó le yán zhe pén biān yóu de zhèng huān jiē
立刻活了，沿着盆边游得正欢。接

zhe yú tóng yòu cháo yú pén xiào xī xī de shuō dào
着，渔童又朝鱼盆笑嘻嘻地说道：

jīn yú jīn yú tiào tiao
金鱼金鱼跳跳，

jīn dòu jīn dòu mào mao
金豆金豆冒冒！

nà duì xiǎo jīn yú lì kè cóng shuǐ lǐ tiào chū lái
那对小金鱼立刻从水里跳出来，

zú yǒu chǐ bǎ gāo jīn yú tiào qǐ lái luò xià qù
足有尺把高。金鱼跳起来，落下去，

luò xià qù yòu tiào qǐ lái zhè shí yú tóng lì kè ná
落下去，又跳起来。这时渔童立刻拿

qǐ yú gān kàn zhǔn jīn yú tiào qǐ de shí hou zhǐ jiàn
起鱼竿，看准金鱼跳起的时候，只见

tā bǎ yú gān yì dǒu lì kè diào zhù yì tiáo yú gān
他把鱼竿一抖，立刻钓住一条；鱼竿
zài yì dǒu jīn yú yòu měng de luò xià huā de
再一抖，金鱼又猛地落下，“哗”地
zá chū yí piàn shuǐ huā shuǐ huā sì chù fēi jiàn biàn chéng
砸出一片水花。水花四处飞溅，变成
xǔ duō jīn sè de shuǐ zhū gǔn luò dào yú chuán shàng
许多金色的水珠，滚落到渔船上。
yú tóng wán de hǎo bù kāi xīn gē gē gē xiào gè
渔童玩得好不开心，“咯咯咯”笑个
bù tíng tā bǎ zhè tiáo jīn yú diào zhù dǒu yí huìr
不停。他把这条金鱼钓住抖一会儿，
yì shuǎi yú gān sā le chū qù lì kè yòu diào zhù lìng yì
一甩鱼竿撒了出去；立刻又钓住另一
tiáo jīn yú dǒu yí huìr yòu yì shuǎi yú gān sā le
条金鱼抖一会儿，又一甩鱼竿撒了
chū qù jiù zhè yàng yú tóng yì zhí wán dào tiān kuài
出去……就这样，渔童一直玩到天快
liàng cái bǎ yú gān wǎng huái lǐ yí bào yòu zuò zài hé
亮，才把鱼竿往怀里一抱，又坐在荷
huā shàng xiào xī xī de duì zhe yú pén shuō dào
花上，笑嘻嘻地对着鱼盆说道：

qīng shuǐ qīng shuǐ jìng jìng
清水清水静静，
jīn yú jīn yú dìng dìng
金鱼金鱼定定！

qīng shuǐ lì kè bú mào le jīn yú yě bú tiào
清水立刻不冒了，金鱼也不跳
le jiē zhe nà dà hé huā suí zhe yè bǐng yì diǎn yì
了；接着，那大荷花随着叶柄一点一
diǎn de wǎng huí suō ya suō ya yuè suō yuè xiǎo bù yí
点地往回缩呀缩呀，越缩越小，不一

huìr suō dào yú pén shàng qù le zhè shí jīn guāng
会儿缩到鱼盆上去了。这时，金光

miè le tiān yě dà liàng le
灭了。天，也大亮了。

lǎo yú wēng ne dūn zài chuáng yán dāi dāi de kàn
老渔翁呢，蹲在床沿，呆呆地看

le yì xiǔ yì shēng méi gǎn kēng shēng pà
了一宿，一声没敢吭，生怕

xià pǎo le yú tóng děng yí qiè huī fù
吓跑了渔童。等一切恢复

yuán yàng tā máng qǐ shēn ná qǐ
原样，他忙起身，拿起

yú pén zuǒ kàn yòu kàn yú pén
鱼盆左看右看——鱼盆

hái shi gēn cóng qián yí yàng kě shì ne zài zǐ xì kàn
还是跟从前一样！可是呢，再仔细看
kan yú chuánshàng gāng cái jiàn chū shuǐ zhū de dì fang
看渔船上——刚才溅出水珠的地方，
dōu tǎng zhe yí lì yí lì de jīn dòu zi ne
都躺着一粒一粒的金豆子呢！

lǎo yú wēng jiǎn qǐ zhè yì duī jīn dòu zi duì zhe
老渔翁捡起这一堆金豆子，对着
yú pén kē le sān gè xiǎng tóu tā yòng zhè xiē jīn dòu
鱼盆磕了三个响头。他用这些金豆
zi mǎi le yí gè dà dà de zǎo pén hái zhì bàn le
子买了一个大大的澡盆，还置办了
yì xiē qí tā de rì cháng yòng pǐn lǎo yú wēng xīn kǔ
一些其他的日常用品。老渔翁辛苦
le dà bàn bèi zi zhè xià kě yǐ guò de shū fu yì
了大半辈子，这下，可以过得舒服一
xiē le
些了。

yǒu yì tiān lǎo yú wēng ná zhe jīn dòu zi qù
有一天，老渔翁拿着金豆子去
gǎn jí xiǎng mǎi yì zhāng xīn de yú wǎng tā lái dào
赶集，想买一张新的渔网。他来到
jí shì shàng kàn zhòng yì zhāng zhī de hěn bú cuò de yú
集市上，看中一张织得很不错的渔
wǎng biàn xiǎng mǎi xià lái tā gāng tāo chū jīn dòu zi
网，便想买下来。他刚掏出金豆子
zhǔn bèi mǎi zhèng hǎo yǒu gè yáng mù shī dà yáo dà bǎi
准备买，正好，有个洋牧师大摇大摆
de cóng zhè lǐ jīng guò tā yí jiàn lǎo yú wēng shǒu lǐ de
地从这里经过。他一见老渔翁手里的
jīn dòu zi lì kè zhàn zhù le yáng mù shī yǎn jing zhí
金豆子，立刻站住了。洋牧师眼睛直

gōu gōu de dīng zhe jīn dòu zi xiàng shì yào chī le tā
勾勾地盯着金豆子，像是要吃了它。

tā yàn le kǒu tuò mo wèn dào
他咽了口唾沫，问道：

lǎo tóu zi nǐ zhè jīn dòu zi shì cóng nǎr
“老头子，你这金豆子是从哪儿

lái de gāi bú huì shì tōu lái de ba
来的？该不会是偷来的吧？”

lǎo yú wēng lián máng yáo tóu lǎo lǎo shí shí de bǎ
老渔翁连忙摇头，老老实实地把

jīn dòu zi de lái lì quán gào su le yáng mù shī yáng mù
金豆子的来历全告诉了洋牧师。洋牧

shī diǎn dian tóu yòu wèn le tā jiā zhù nǎ lǐ jiào shén
师点点头，又问了他家住哪里，叫什

me míng zi shì gàn shén me de wèn wán le huà yáng
么名字，是干什么的。问完了话，洋

mù shī biàn dà yáo dà bǎi de zǒu le
牧师便大摇大摆地走了。

shuí zhī dì èr tiān lǎo yú wēng zhèng zhǔn bèi jià
谁知，第二天，老渔翁正准备驾

chuán dǎ yú hǎo shì shi xīn mǎi de yú wǎng hū rán
船打鱼，好试试新买的渔网。忽然，

àn shàng zǒu lái le liǎng gè yá yi tā men tiào shàng
岸上走来了两个衙役。他们跳上

chuán dà shēng duì lǎo yú wēng shuō lǎo tóur
船，大声对老渔翁说：“老头儿，

xiàn tài yé pài wǒ liǎ qián lái chuán nǐ mìng lìng nǐ mǎ
县太爷派我俩前来传你，命令你马

shàng dài zhe nà ge yú pén gēn wǒ men dào xiàn yá lǐ zǒu
上带着那个鱼盆，跟我们到县衙里走

yí tàng
一趟！”

“这，这，是怎么回事呀？我一没偷，二没抢，你们凭什么要让我去？”老渔翁一头雾水，不知道自己什么地方做错了。

“有人告你偷了人家的鱼盆！”其中一个衙役说。

“这是我自己打捞上来的呀！”老渔翁为自己辩解。

“别废话，告你的这个人呀，连县太爷也惹不起呢！你赶快跟我们走吧。到了衙门，你就知道了。”两个衙役，连拖带拽，将老渔翁带到了县衙里。

来到衙门以后，老渔翁一看，县官坐在大堂上，正点头哈腰地陪着昨天那个洋牧师说话呢！县官一见老渔

wēng lì kè jiù wèn dào
翁，立刻就问道：

lǎo tóu zi nǐ yǒu gè bái yù zuò de yú
“老头子，你有个白玉做的鱼
pén ya
盆呀？”

ǹg
“嗯。”

nà pén dǐ kè zhe yí duì jīn yú pén yán shàng
“那盆底刻着一对金鱼，盆沿上
yǒu lǜ hé yè fěn hé huā hé huā shàng zuò zhe yí gè bào
有绿荷叶粉荷花，荷花上坐着一个抱
zhe yú gān de xiǎo yú tóng shì bú shì
着鱼竿的小渔童，是不是？”

shì
“是。”

yí dào yè lǐ hé huā néng zhǎng jīn yú néng
“一到夜里，荷花能长，金鱼能
bèng yú tóng néng huó qīng shuǐ néng mào jiàn chū shuǐ zhū
蹦，渔童能活，清水能冒，溅出水珠
jiù néng biàn jīn dòu zi duì bú duì
就能变金豆子，对不对？”

duì
“对。”

hǎo wán quán xiāng fú xiàn guān yì zhǐ yáng
“好！完全相符。”县官一指洋
mù shi zhuǎn tóu yì pāi jīng táng mù lì shēng duì lǎo
牧师，转头一拍惊堂木，厉声对老
yú wēng shuō nǐ zhè lǎo zéi zhēn zhèng dà dǎn
渔翁说，“你这老贼，真正大胆！
jìng gǎn tōu qù zhè wèi yáng mù shi de bǎo bèi nǐ shì zěn
竟敢偷去这位洋牧师的宝贝！你是怎

么偷去的？快如实招来！”

“县老爷，这鱼盆是我的，怎么倒说我偷的洋毛子的？活这么大年纪，我还从来没动过人家一针一线！”老渔翁很不服气，就把自己怎样得到鱼盆，怎样在集市上遇到洋牧师的经过，一一告诉了县官。

等老渔翁说完，洋牧师整了整衣衫，咳嗽了两声，假模假样地说：“老头，你有所不知，你那个鱼盆，是我从我们国家带来的宝贝；我带来以后，就一直放在教堂里，不想前些日子竟被人偷了！我找了好多天，都没找到。昨天见你在花金豆子，才认了出来。请你将此宝物还给我。”

“我的东西凭什么要给你？”老

yú wēng kě qì huài le kàn nǐ zhǎng de rén mú gǒu
渔翁可气坏了，“看你长得人模狗
yàng de yì zhāng kǒu shuō huà gǎn qing shì shǐ ke láng dǎ
样的，一张口说话，敢情是屎壳郎打
hā qian mǎn zuǐ pēn fèn ya
哈欠——满嘴喷粪呀！”

xiàn guān jiàn lǎo yú wēng gǎn mà yáng mù shī lì jí
县官见老渔翁敢骂洋牧师，立即
zhǐ zhe lǎo yú wēng jiào dào bù kě wú lǐ gǎn kuài
指着老渔翁叫道：“不可无礼，赶快
ná chū yú pén fǒu zé wǒ jiù zhì nǐ de zuì
拿出鱼盆！否则，我就治你的罪。”

wǒ wèi shén me yào ná chū yú pén zhè yú pén
“我为什么要拿出鱼盆？这鱼盆
shì zhōng guó hé lǐ chū de shì zhōng guó rén mào sǐ lāo
是中国河里出的，是中国人冒死捞
shàng lái de wèi shén me yào gěi yáng máo zi lǎo yú
上来的，为什么要给洋毛子！”老渔
wēng qì de yì shǒu tuō qǐ yú pén yì shǒu zhǐ zhe xiàn guān
翁气得一手托起鱼盆，一手指着县官
hé mù shi wǒ lái wèn wen nǐ men yáng máo zi shuō
和牧师，“我来问问你们，洋毛子说
shì tā men guó jiā chū de yú pén nà wèi shén me zhè ge
是他们国家出的鱼盆，那为什么这个
xiǎo yú tóng shì zhōng guó hái zi de dǎ ban shì zhōng guó
小渔童是中国孩子的打扮？是中国
hái zi de mú yàng
孩子的模样？”

lǎo yú wēng zhè me yí wèn xiàn guān hé yáng mù shi
老渔翁这么一问，县官和洋牧师
dōu yē zhù le bù zhī dào shuō shén me hǎo liǎng rén lèng
都噎住了，不知道说什么好。两人愣

le hǎo bàn tiān yáng mù shī yì zháo jí xīn lǐ de huà
了好半天，洋牧师一着急，心里的话
jìng tuō kǒu ér chū wǒ jiù shì xiǎng yào nǐ de yú
竟脱口而出：“我就是想要你的鱼
pén bù gěi bù xíng
盆！不给不行！”

xiàn guān lì mǎ fù hè duì jiù yào nǐ de
县官立马附和：“对，就要你的
yú pén bù gěi yú pén jiù shì wéi kàng mìng lìng jiù shì
鱼盆，不给鱼盆就是违抗命令，就是
chù fàn wáng fǎ
触犯王法！”

lǎo yú wēng qì de yá chǐ yǎo de gē bēng xiǎng
老渔翁气得牙齿咬得咯嘣响，
tā shēn zi yì yáo huàng shǒu yì duō suo pū
他身子一摇晃，手一哆嗦，“扑
tōng lǎo yú wēng hūn dǎo zài dì tā shǒu zhōng
通”——老渔翁昏倒在地，他手中
de yú pén yě shuāi le gè fěn suì shuí zhī nà yú pén yí
的鱼盆也摔了个粉碎。谁知那鱼盆一
suì xiǎo yú tóng què tiào qǐ lái huó le
碎，小渔童却跳起来，活了！

yú tóng zhàn zài lǎo yú wēng gēn qián bǎ yú gān yí
渔童站在老渔翁跟前，把鱼竿一
huàng lì kè biàn de yòu gāo yòu dà tā cháo yáng mù shī
晃，立刻变得又高又大。他朝洋牧师
yì dǒu yú gān yú gōu zhèng diào zhù mù shī de zuǐ chún
一抖鱼竿，鱼钩正钓住牧师的嘴唇，
tā bǎ yú gān yì tí mù shī lì kè bèi xuán guà zài bàn
他把鱼竿一提，牧师立刻被悬挂在半
kōng zhōng zī zī wū wū de jiào huan bù chū lái tā bǎ
空中，吱吱呜呜地叫唤不出来；他把

yú gān měng de yì shuǎi mù shī lì kè gū
鱼竿猛地一甩，牧师立刻“骨
lu yí xià gǔn dào tiān biān qù le
碌”一下滚到天边去了！

zhè shí hou yú tóng bǎ yú gān yí
这时候，渔童把鱼竿一
huàng zì jǐ lì kè yòu biàn
晃，自己立刻又变
xiǎo le xiàn guān hái yǐ
小了。县官还以
wéi yú tóng yòu yào lái diào tā
为渔童又要来钓他
ne tā zǎo hài pà de
呢——他早害怕得

suō zài yì páng fān fan bái yǎn huó huó xià sǐ le
缩在一旁，翻翻白眼，活活吓死了！

yú tóng fú qǐ lǎo yú wēng duì zhe lǎo yú wēng qīng
渔童扶起老渔翁，对着老渔翁轻
qīng chuī le kǒu qì lǎo yú wēng biàn qīng xǐng guò lái le
轻吹了口气，老渔翁便清醒过来了。
lǎo yú wēng zuǒ yòu kàn kan fā xiàn liǎng gè huài dàn dōu
老渔翁左右看看，发现两个坏蛋都
méi le shí fēn kāi xīn yú tóng chān zhe lǎo yú wēng
没了，十分开心。渔童搀着老渔翁，
yì lǎo yì xiǎo zǒu chū le yá men bù zhī shàng nǎr
一老一小走出了衙门，不知上哪儿
qù le
去了。

lǐ jì zhǎn shé

李寄斩蛇

hěn jiǔ hěn jiǔ yǐ qián zài yí zuò gāo gāo de shān
很久很久以前，在一座高高的山
shàng yǒu yí gè dà dà de shān dòng shān dòng lǐ zhù zhe
上，有一个大大的山洞，山洞里住着
yì tiáo dà mǎng shé zhè tiáo mǎng shé de shēn tǐ bǐ wǎn
一条大蟒蛇。这条蟒蛇的身体比碗
kǒu hái cū zú yǒu liǎng zhàng cháng jù shuō zhè tiáo
口还粗，足有两丈长。据说，这条
shé jīng cháng pá chū shān dòng chū lái huò hai dāng dì de lǎo
蛇经常爬出山洞，出来祸害当地的老
bǎi xìng hái yǎo sǐ le bù shǎo rén fù jìn de bǎi xìng
百姓，还咬死了不少人。附近的百姓
rén xīn huáng huáng qīng yì bù gǎn chū lái zǒu dòng
人心惶惶，轻易不敢出来走动。

zhè jiàn shì qing yī chuán shí shí chuán bǎi chuán
这件事情一传十，十传百，传
dào le huáng dì de ěr duo lǐ huáng dì jiù xià lìng dāng
到了皇帝的耳朵里。皇帝就下令当
dì de guān yuán yào xiǎng bàn fǎ wèi lǎo bǎi xìng chú hài
地的官员要想办法为老百姓除害。

kě shì zhè xiē dǎn xiǎo de guān yuán gēn běn bù gǎn kào jìn
可是这些胆小的官员，根本不敢靠近
dà mǎng shé yí bù tā men jiù zhǎo lái yí gè lǎo wū pó
大蟒蛇一步。他们就找来一个老巫婆
zuò fǎ shù qǐ qiú shén líng bǎo yòu ér zhè ge kě wù
做法术，乞求神灵保佑。而这个可恶
de wū pó gěi guān yuán men chū le yí gè huài diǎn zi měi
的巫婆给官员们出了一个坏点子：每
nián bā yuè bì xū sòng yí gè shí èr suì de nǚ hái qù
年八月，必须送一个十二岁的女孩去
wèi shé zhè yàng shé cái bú huì suí yì chū dòng bìng néng
喂蛇，这样蛇才不会随意出洞，并能
bǎo zhè ge dì fang yì nián fēng tiáo yǔ shùn
保这个地方一年风调雨顺。

guān yuán men bǎ wū pó de huà sàn bù chū qù hěn
官员们把巫婆的话散布出去，很
duō lǎo bǎi xìng jū rán xìn yǐ wéi zhēn guān yuán men jiù jiāng
多老百姓居然信以为真。官员们就将
mài shēn wéi nú de nǚ hái hé fàn rén jiā de nǚ hái sòng qù
卖身为奴的女孩和犯人家的女孩送去
jì shé zhè xiē kě lián de nǚ hái jiù nà yàng huó shēng
祭蛇。这些可怜的女孩，就那样活生
shēng de bèi sòng jìn shé dòng zài yě méi yǒu chū lái
生地被送进蛇洞，再也没有出来。
rén men zhǐ yào tán dào nà xiē nǚ hái dōu huì shāng xīn
人们只要谈到那些女孩，都会伤心
luò lèi què méi yǒu rèn hé bàn fǎ yǒu nǚ hái de rén
落泪，却没有任何办法。有女孩的人
jiā gèng shì tí xīn diào dǎn shēng pà zì jiā de hái zi
家，更是提心吊胆，生怕自家的孩子
yǒu yì tiān yě huì bèi sòng qù jì shé
有一天也会被送去祭蛇。

yì tiān wǎn shang yǒu gè jiào lǐ jì de nǚ hái
一天晚上，有个叫李寄的女孩，
tīng dào fù qīn hé mǔ qīn zhèng zài tán lùn cǐ shì mǔ
听到父亲和母亲正在谈论此事。母
qīn yì liǎn chóu róng fù qīn āi shēng tàn qì lǐ jì
亲一脸愁容，父亲唉声叹气。李寄
xīn xiǎng zhè tiáo dà shé hài sǐ le zhè me duō nǚ hái
心想：这条大蛇害死了这么多女孩，
děi bǎ dà shé chú diào lǐ jì suī shì gè nǚ hái dàn
得把大蛇除掉。李寄虽是个女孩，但
tā cóng xiǎo xǐ huan wǔ qiāng nòng bàng liàn jiù le yì shēn
她从小喜欢舞枪弄棒，练就了一身
yìng gōng fu tā de dǎn zi tè bié dà yòu hěn yǒu
硬功夫。她的胆子特别大，又很有
xiǎng fǎ
想法。

tā zǒu shàng qián duì fù mǔ shuō diē
她走上前，对父母说：“爹，
niáng nǐ men bú yào dān xīn nǐ men jiù ràng wǒ qù
娘，你们不要担心。你们就让我去
jì shé ba zhè yàng kě yǐ huàn diǎn qián yě suàn shì
祭蛇吧，这样可以换点钱，也算是
wǒ duì nǐ men jìn le yí fèn xiào xīn nǐ men shuō hǎo
我对你们尽了一份孝心。你们说，好
bù hǎo
不好？”

tā de fù mǔ tīng dào zhè huà xià de hún shēn fā
她的父母听到这话，吓得浑身发
dǒu fù qīn lián máng shuō nǚ ér qiān wàn bié hú
抖。父亲连忙说：“女儿，千万别胡
lái zhè kě shì guān xì dào nǐ xìng mìng de dà shì bù
来，这可是关系到你性命的大事，不

可乱说。”母亲更是拼命摇头，坚决不同意。

但是，李寄已经下定了决心。第二天一早，她趁父母熟睡的时候，悄悄溜出家门，跑到官府里说明了自己的想法。

官府的差役们正在为没有找到祭蛇的女孩发愁呢！他们看到这样一个小女孩送上门来，赶忙向县老爷汇报。县老爷听说有这样一个女孩子，也很好奇，亲自出来接待李寄。他坐在县衙正中的椅子上，问李寄：“你既不是奴隶，又不是犯人的女儿，为什么自愿去祭蛇呢？”

李寄说：“我要为民除害。”她的声音特别响亮。

ó nǐ qū qū yí gè xiǎo nǚ hái néng dòu
“哦？你区区一个小女孩，能斗
de guò nà me dà de mǎng shé bié shuō xiào hua le
得过那么大的蟒蛇？别说笑话了。”
xiàn lǎo ye bù gǎn xiāng xìn lǐ jì de huà
县老爷不敢相信李寄的话。

lǐ jì shuō wǒ cóng xiǎo liàn xí wǔ yì cóng
李寄说：“我从小练习武艺，从
lái bù xiāng xìn shén me yāo mó guǐ guài jīn nián nǐ men
来不相信什么妖魔鬼怪。今年，你们
jiù ràng wǒ qù ba
就让我去吧。”

xiàn lǎo ye kàn kan zhè ge xiǎo nǚ hái xīn xiǎng
县老爷看看这个小女孩，心想：
bié de nǚ hái zi wéi kǒng duǒ bú diào nǐ dǎn zi dào tǐng
别的女孩子唯恐躲不掉，你胆子倒挺
dà de nǐ yào qù wǒ jiù ràng nǐ qù fǎn zhèng yě
大的。你要去，我就让你去，反正也
shāng bú dào wǒ yì gēn háo máo tā diǎn dian tóu biǎo shì
伤不到我一根毫毛。他点点头，表示
tóng yì le bìng chéng nuò rú guǒ lǐ jì zhēn néng chú diào dà
同意了，并承诺如果李寄真能除掉大
mǎng shé yí dìng dào huáng shang miàn qián wèi tā qǐng shǎng
蟒蛇，一定到皇上面前为她请赏。

lǐ jì yào qù jì shé de xiāo xi chuán le chū qù
李寄要去祭蛇的消息传了出去，
tā de fù mǔ qīn tiān tiān zài jiā shāng xīn luò lèi lín jū
她的父母亲天天在家伤心落泪，邻居
men yě fēn fēn wèi tā dān xīn kě shì lǐ jì gù bù
们也纷纷为她担心。可是，李寄顾不
liǎo zhè xiē tā liàn wǔ liàn de gèng qín kuai le hái bù
了这些，她练武练得更勤快了，还不

tíng de xùn liàn jiā lǐ de liè gǒu
停地训练家里的猎狗。

jì sì de nà yì tiān zhōng yú lái le lǐ jì zì
祭祀的那一天终于来了。李寄自
jǐ dòng shǒu zuò le sòng gěi dà shé de gāo diǎn liǎng
己动手做了送给大蛇的糕点——两
gè wǎn dà de nuò mǐ tuán zi wài miàn tú shàng yì céng
个碗大的糯米团子，外面涂上一层
hòu hòu de fēng mì lǐ miàn bāo zhe jǐ kuài xiāng xiāng de
厚厚的蜂蜜，里面包着几块香香的
là ròu tā dài shàng zì jǐ fēng lì de bǎo jiàn qiān zhe
腊肉。她带上自己锋利的宝剑，牵着
xùn liàn hǎo de liè gǒu cí bié fù mǔ lái dào le shé
训练好的猎狗，辞别父母，来到了蛇
dòng qián
洞前。

tā bǎ nuò mǐ tuán zi fàng zài dòng qián zài yí kuài
她把糯米团子放在洞前，在一块
yán shí shàng zuò le xià lái liè gǒu jiù ān jìng de dūn
岩石上坐了下来，猎狗就安静地蹲
zài tā de shēn biān guò le yí zhèn zi shé wén dào le
在她的身边。过了一阵子，蛇闻到了
xiāng wèi jiù hū chī hū chī de yóu le chū lái
香味，就“呼哧呼哧”地游了出来。
zhǐ jiàn nà shé zhāng kāi dà zuǐ tǔ chū huǒ yàn bān de shé
只见那蛇张开大嘴，吐出火焰般的舌
tou yì kǒu jiù tūn xià le yí gè dà nuò mǐ tuán zi
头，一口就吞下了一个大糯米团子。
shé niǔ le niǔ shēn zi yòu xiàng lìng yí gè nuò mǐ tuán zi
蛇扭了扭身子，又向另一个糯米团子
shēn guò tóu qù
伸过头去。

jiù zài zhè shí lǐ jì měng de tiào qǐ lái
就在这时，李寄猛地跳起来，
duì zhǔn shé tóu zhòng zhòng kǎn xià yí jiàn shé tòng de yào
对准蛇头重重砍下一剑。蛇痛得要
mìng zhuǎn tóu xiàng lǐ jì pū lái zhè shí liè gǒu
命，转头向李寄扑来。这时，猎狗
sōu de yì shēng cuān chū lái cóng xià miàn yǎo zhù
“嗖”的一声蹿出来，从下面咬住
shé shēn lǐ jì chèn jī ná jiàn cì xiàng shé de yì zhī yǎn
蛇身。李寄趁机拿剑刺向蛇的一只眼
jing shé téng tòng nán rěn zhǐ hǎo tuì huí dòng lǐ
睛。蛇疼痛难忍，只好退回洞里。

lǐ jì qiān zhe liè gǒu zhuī jìn dòng lǐ shǐ chū hún
李寄牵着猎狗追进洞里，使出浑
shēn lì qi yǔ shé dǎ dòu qǐ lái dà shé bèi tā kǎn le
身力气与蛇打斗起来。大蛇被她砍了
hǎo jǐ jiàn huāng luàn zhī zhōng yòu cuān chū dòng lái
好几剑，慌乱之中，又蹿出洞来。
liè gǒu chōng guò qù jǐn jǐn yǎo zhù tā de wěi ba bú
猎狗冲过去，紧紧咬住它的尾巴不
fàng lǐ jì chèn jī duì zhǔn shé de qī cùn měng kǎn
放，李寄趁机对准蛇的“七寸”猛砍
jǐ jiàn shé zài yě bù néng dòng tan le
几剑。蛇，再也不能动弹了。

lǐ jì zhè cái sōng le kǒu qì cā le cā liǎn shàng
李寄这才松了口气，擦了擦脸上
de hàn kāi xīn de dài zhe liè gǒu huí jiā le cǐ
的汗，开心地带着猎狗回家了。此
shí tā de fù mǔ zhèng zài jiā lǐ bào tóu tòng kū ne
时，她的父母正在家里抱头痛哭呢，
yǐ wéi zài yě jiàn bú dào xīn ài de nǚ ér le dāng
以为再也见不到心爱的女儿了。当

tā men kàn jiàn lǐ jì chū xiàn zài yǎn qián shí jiǎn zhí bù
他们看见李寄出现在眼前时，简直不
gǎn xiāng xìn bàn tiān cái huí guò shén lái jī dòng
敢相信，半天才回过神来，激动
huài le
坏了。

tīng shuō lǐ jì chú diào le dà mǎng shé
听说李寄除掉了大蟒蛇，
lǎo bǎi xìng men dōu huān hū qǐ lái dà jiē
老百姓们都欢呼起来，大街
xiǎo xiàng hù xiāng chuán yáng huáng shang zhī dào
小巷互相传扬。皇上知道

le yào pìn qǔ lǐ jì dāng fēi zi lǐ jì méi yǒu dā
了，要聘娶李寄当妃子。李寄没有答
ying tā yào liú zài fù mǔ shēn biān liàn xí wǔ yì
应，她要留在父母身边，练习武艺，
gēng tián zhī bù huáng shang jiàn tā yì zhì jiān jué yě
耕田织布。皇上见她意志坚决，也
méi yǒu qiáng qiú bú guò huáng dì xià lìng chè diào
没有强求。不过，皇帝下令，撤掉
nà ge sòng nǚ hái jì shé de xiàn lǎo ye de guān zhí bìng
那个送女孩祭蛇的县老爷的官职，并
fēng lǐ jì de fù qīn zuò le xiàn lìng
封李寄的父亲做了县令。

rén shēn wá wa

人参娃娃

cóng qián zài dōng běi de yí zuò shēn shān lǐ
从前，在东北的一座深山里，
yǒu yí gè xiǎo cūn zhuāng cūn lǐ yǒu gè jiào xiǎo bǎo de nán
有一个小村庄。村里有个叫小宝的男
hái gāng mǎn shí suì tā de fù mǔ yīn rǎn shàng jí
孩，刚满十岁。他的父母因染上疾
bìng xiān hòu qù shì le xiǎo bǎo méi qián ān zàng fù
病，先后去世了。小宝没钱安葬父
mǔ jiù jué dìng mài shēn dào yí gè jiào hú guā pí
母，就决定卖身到一个叫“胡刮皮”
de lǎo cái zhu jiā gěi tā dāng cháng gōng lǎo cái zhu yòu
的老财主家，给他当长工。老财主又
tān xīn yòu hěn dú zhǐ gěi le xiǎo bǎo yì diǎn líng suì qián
贪心又狠毒，只给了小宝一点零碎钱
hé liǎng zhāng lú xí xiǎo bǎo hán zhe yǎn lèi jiāng fù
和两张芦席。小宝含着眼泪，将父
mǔ mái zài le hòu shān
母埋在了后山。

zì cóng xiǎo bǎo chéng le hú guā pí jiā de huǒ ji
自从小宝成了胡刮皮家的伙计，

胡刮皮就整天逼着他干这干那。每天，天刚亮，胡刮皮就扯着嗓门大喊：“小东西，快起来干活！”小宝从早忙到晚，一刻不闲，却还是经常受到老财主的打骂。而且更可气的是，因为小宝力气小，挑水只能挑半桶，砍柴只能砍半捆，所以，胡刮皮只允许他吃半碗饭。

这天，小宝喝了半碗稀粥，就到山脚下去挑水。他走到半山腰，远远望见两个小娃娃绕着井台追逐玩耍。小宝走近一看，两个小娃娃长得好可爱，黑黑的头发，白白胖胖的身子，红润红润的嘴唇，穿着红色的小肚兜，就像从年画中走出来的小孩。小宝很喜欢这两个小胖娃娃，就主动跟他们打招呼："小弟弟，你们还是不要在井边玩，小心掉下去。""不会的，我们在做游戏呢。你也来跟我们一起玩吧。"小宝毕竟是个孩子，听到这里，暂时忘记了胡刮皮的打骂，立即跟两个小娃娃玩了起来。等他想起自己是来

tiāo shuǐ de shí hou tài yáng yǐ shēng de lǎo gāo le xiǎo
挑水的时候，太阳已升得老高了。小
bǎo xiǎng lǎo cái zhu kěn dìng huì fā dà huǒ yí dùn bào
宝想：老财主肯定会发大火，一顿暴
dǎ shì táo bú diào le xiǎng dào zhè lǐ xiǎo bǎo de lèi
打是逃不掉了。想到这里，小宝的泪
zhū zi zhǐ bú zhù wǎng xià liú
珠子止不住往下流。

xiǎo gē ge nǐ kū shén me ya liǎng gè
“小哥哥，你哭什么呀？”两个
xiǎo wá wa lā zhe xiǎo bǎo de shǒu wèn
小娃娃拉着小宝的手问。

wǒ guāng gù wán le tài yáng shēng dào shù shāo dǐng
“我光顾玩了，太阳升到树梢顶
le wǒ hái méi bǎ shuǐ gāng tiāo mǎn lǎo cái zhu kěn dìng
了，我还没把水缸挑满，老财主肯定
yào zòu wǒ
要揍我。”

nǐ bié pà qǐng nǐ gēn wǒ men dào jiā lǐ zǒu
“你别怕，请你跟我们到家里走
yí tàng wǒ men yǒu hǎo dōng xi sòng gěi nǐ liǎng
一趟，我们有好东西送给你。”两
gè xiǎo wá wa dài zhe xiǎo bǎo lái dào tā men de jiā xiǎo
个小娃娃带着小宝来到他们的家。小
bǎo yí kàn jīng dāi le xiǎo wá wa de jiā lǐ zhēn
宝一看，惊呆了。小娃娃的家里真
piào liang dào chù liàng shǎn shǎn de qiáng shàng guà mǎn le
漂亮，到处亮闪闪的，墙上挂满了
nèn lǜ de téng yè wū dǐng shàng diào zhe shí jǐ gēn yě
嫩绿的藤叶，屋顶上吊着十几根野
rén shēn
人参。

其中一个小娃娃站到梯子上，取下一根人参，对小宝说："这根人参很值钱，你拿去送给那个老财主，让他别再打你。"

小宝接过人参，再三表示感谢，就赶紧挑着水桶回到财主家。刚踏进院子门，就听到财主在高声大骂："这个小东西，不知道躲哪里偷懒去了，到现在水缸还没挑满，看来，得好好收拾收拾他了……"

小宝低着头，走到财主面前，从怀里掏出人参，对财主说："老爷，您消消气，小宝下次再也不敢了。这个，您收下，补补身子。"胡刮皮一看到这么好的人参，眼都直了。他问小宝："这么大的人参，你是从哪里偷来的？”

小宝就把遇到两个小娃娃的事告诉了胡刮皮。胡刮皮听得两眼放光，

tiǎn zhe zuǐ chún shuō nǐ kàn dào de kě shì rén shēn jīng
舔着嘴唇说：“你看到的可是人参精
a chī le tā men kě yǐ cháng shēng bù lǎo nǐ
啊。吃了他们，可以长生不老。你
kuài qù bǎ tā liǎ zhuō lái yǐ hòu nǐ jiù bú yòng gàn
快去把他俩捉来，以后，你就不用干
huó le wǒ hái huì sòng nǐ yì xiē jīn yín cái bǎo
活了，我还会送你一些金银财宝。”

xiǎo bǎo tīng le yòu qì yòu jí duì zhe lǎo cái
小宝听了，又气又急，对着老财
zhu dà hǎn wǒ qíng yuàn zì jǐ duō gàn huó yě
主大喊：“我情愿自己多干活，也
bú yào nǐ de jīn yín cái bǎo qǐng nǐ bú yào qù hài
不要你的金银财宝，请你不要去害
tā men
他们。”

hú guā pí kàn le kàn xiǎo bǎo yǎn zhū zi yí
胡刮皮看了看小宝，眼珠子一
zhuàn xiǎng chū yì tiáo dú jì tā duì xiǎo bǎo shuō
转，想出一条毒计。他对小宝说：
kàn zài nǐ sòng wǒ rén shēn de fèn shàng wǒ dā ying
“看在你送我人参的分上，我答应
nǐ bú guò nǐ yě yào dā ying wǒ yí jiàn shì nǐ
你。不过，你也要答应我一件事，你
xià shān hé liǎng gè xiǎo wá wa wán de shí hou bǎ zhè
下山和两个小娃娃玩的时候，把这
tiáo hóng shéng zi jì zài tā men de hóng dù dōu shàng rú
条红绳子系在他们的红肚兜上。如
guǒ nǐ tīng wǒ de huà yǐ hòu ya wǒ ràng nǐ tiān tiān
果你听我的话，以后呀，我让你天天
hé tā men yì qǐ wán xiǎo bǎo lián máng diǎn tóu dā
和他们一起玩。”小宝连忙点头答

yìng le
应了。

dì èr tiān yí dà zǎo xiǎo bǎo ná zhe hóng shéng zi
第二天一大早，小宝拿着红绳子
zhàn zài jǐng tái biān děng liǎng gè wá wa bù yí huìr
站在井台边等两个娃娃。不一会儿，
liǎng gè xiǎo wá wa lái le tā men kàn jiàn xiǎo bǎo shǒu lǐ
两个小娃娃来了，他们看见小宝手里
de hóng shéng zi niǔ tóu jiù pǎo biān pǎo hái biān hǎn
的红绳子，扭头就跑，边跑还边喊：
yuán lái nǐ shì gè huài gē ge wǒ men bù gēn nǐ
“原来你是个坏哥哥。我们不跟你
wán le
玩了。”

xiǎo bǎo jǐn gēn hòu miàn zhuī qí guài de wèn
小宝紧跟后面追，奇怪地问：
zhè shì wèi shén me ya
“这是为什么呀？”

nǐ ná nà hóng shéng zi jiù shì xiǎng lái hài wǒ
“你拿那红绳子，就是想来害我
men de
们的。”

wèi shén me ná hóng shéng zi jiù shì hài nǐ
“为什么拿红绳子就是害你
men xiǎo bǎo gēn běn bù zhī dào zěn me huí shì
们？”小宝根本不知道怎么回事。

liǎng gè xiǎo wá wa fā xiàn xiǎo bǎo bìng méi yǒu è
两个小娃娃发现小宝并没有恶
yì cái tíng xià jiǎo bù gào su tā wǒ men shì
意，才停下脚步，告诉他：“我们是
rén shēn wá wa tīng lǎo rén men shuō yào shi wǒ men de
人参娃娃，听老人们说，要是我们的

shēn shàng bèi jì shàng hóng shéng zi ràng rén zhuō zhù jiù
身上被系上红绳子，让人捉住，就
huì méi mìng de
会没命的。”

xiǎo bǎo yì tīng cái zhī dào shàng le hú guā pí de
小宝一听，才知道上了胡刮皮的
dàng tā lián máng bǎ hóng shéng zi rēng de yuǎn yuǎn de
当。他连忙把红绳子扔得远远的。
liǎng gè xiǎo wá wa zhè cái fàng xīn de lā zhù xiǎo bǎo de
两个小娃娃这才放心地拉住小宝的
shǒu gēn tā wán le qǐ lái
手，跟他玩了起来。

zhōng wǔ xiǎo bǎo huí dào hú guā pí de jiā hú
中午，小宝回到胡刮皮的家，胡
guā pí wèn tā yǒu méi yǒu bǎ hóng shéng zi jì zài xiǎo wá wa
刮皮问他有没有把红绳子系在小娃娃
de shēn shàng xiǎo bǎo bú zuò shēng zhí yáo tóu lǎo cái
的身上。小宝不作声，直摇头。老财
zhu jiàn le lì jí biàn le liǎn sè bǎ xiǎo bǎo tòng dǎ
主见了，立即变了脸色，把小宝痛打
le yí dùn tā yòu ná chū yì gēn hóng shéng zi jiāo gěi xiǎo
了一顿。他又拿出一根红绳子交给小
bǎo míng tiān nǐ tōu tōu de bǎ hóng shéng zi jì
宝：“明天，你偷偷地把红绳子系
zài tā men de shēn shàng yào dǎ shàng yí gè sǐ jié fǒu
在他们的身上，要打上一个死结。否
zé wǒ dǎ duàn nǐ de tuǐ
则，我打断你的腿。”

xiǎo bǎo ná zhe hóng shéng zi chóu le yí yè
小宝拿着红绳子，愁了一夜，
bù zhī dào gāi zěn me bàn tiān biān gāng lù chū yì diǎn liàng
不知道该怎么办。天边刚露出一点亮

guāng tā jiù cōng cōng xià shān le tā lái dào liǎng gè xiǎo
光，他就匆匆下山了。他来到两个小
wá wa zhù de dì fang bǎ hú guā pí de huà gào su le
娃娃住的地方，把胡刮皮的话告诉了
rén shēn wá wa liǎng gè xiǎo wá wa yì tīng fèi dōu qì
人参娃娃。两个小娃娃一听，肺都气
zhà le xiǎo liǎn biē de tōng hóng jué dìng zhì yi zhì zhè
炸了，小脸憋得通红，决定治一治这
ge lǎo cái zhu
个老财主。

xiǎo wá wa duì xiǎo bǎo shuō xiǎo bǎo gē ge
小娃娃对小宝说：“小宝哥哥，
nǐ gēn wǒ men dào dì jiào lǐ lái wǎng wǒ men de shēn
你跟我们到地窖里来，往我们的身
shàng mǒ yì diǎn huáng ní zài bǎ hóng shéng zi jì zài wǒ
上抹一点黄泥，再把红绳子系在我
men de dù dōu shàng dǎ yí gè huó jié wǒ men gēn nǐ
们的肚兜上，打一个活结。我们跟你
yì qǐ qù jiàn nà ge hú guā pí
一起去见那个胡刮皮。”

nǐ men bú huì zhēn de bèi hú guā pí zhuō zhù
“你们不会真的被胡刮皮捉住
ba xiǎo bǎo hái shi yǒu diǎn bú fàng xīn
吧？”小宝还是有点不放心。

méi shì nǐ kàn hǎo le wǒ men jīn tiān yào
“没事，你看好了，我们今天要
ràng zhè ge hú guā pí chī diǎn kǔ tou
让这个胡刮皮吃点苦头。”

dào le huáng hūn shí fēn xiǎo bǎo lǐng zhe liǎng gè rén
到了黄昏时分，小宝领着两个人
shēn wá wa zǒu jìn le hú guā pí jiā hú guā pí jiàn dào
参娃娃走进了胡刮皮家。胡刮皮见到

liǎng gè rén shēn wá wa kāi xīn de bù dé liǎo tā kuài
两个人参娃娃，开心得不得了。他快
bù shàng qián xiǎng zhuā zhù rén shēn wá wa shēn shàng de hóng
步上前，想抓住人参娃娃身上的红
shéng zi rén shēn wá wa yì shǎn tiào dào le wū liáng
绳子。人参娃娃一闪，跳到了屋梁
shàng tā men duì hú guā pí shuō nǐ bǎ xiǎo bǎo de
上，他们对胡刮皮说：“你把小宝的
mài shēn qì xiān huán gěi tā zài sòng gěi tā èr shí liǎng yín
卖身契先还给他，再送给他二十两银
zi wǒ men jiù tīng cóng nǐ de shǐ huan hú guā pí
子，我们就听从你的使唤。”胡刮皮
yì xīn xiǎng dé dào rén shēn wá wa mèng xiǎng zhe néng cháng
一心想得到人参娃娃，梦想着能长
shēng bù lǎo yì kǒu dā ying le
生不老，一口答应了。

jiàn dào xiǎo bǎo ná dào le mài shēn qì hé yín zi
见到小宝拿到了卖身契和银子，
rén shēn wá wa cóng wū liáng shàng tiào xià lái wèn hú guā
人参娃娃从屋梁上跳下来，问胡刮
pí nǐ xiǎng ràng wǒ men gàn shén me
皮：“你想让我们干什么？”

wǒ yào chī le nǐ men hēi hēi hú guā
“我要吃了你们，嘿嘿！”胡刮
pí yàn le yàn kǒu shuǐ hèn bu de yì kǒu tūn le rén shēn
皮咽了咽口水，恨不得一口吞了人参
wá wa
娃娃。

nǐ kàn wǒ men shēn shàng zāng xī xī de nǐ
“你看，我们身上脏兮兮的，你
xiān ràng wǒ men xǐ gè zǎo ba
先让我们洗个澡吧。”

bù xíng yào shi nǐ men pǎo le zěn
“不行，要是你们跑了，怎
me bàn
么办？”

nǐ bǎ wǒ men shēn
“你把我们身
shàng de hóng shéng zi jì zài shuǐ
上的红绳子系在水
gāng páng de shù gàn shàng zhè
缸旁的树干上，这
yàng wǒ men bú jiù pǎo bú diào
样，我们不就跑不掉
le ma
了吗？”

hǎo zhǔ yi wǒ lái nòng hú guā pí
“好主意，我来弄。”胡刮皮
yì biān shuō yì biān shùn shǒu ná qǐ hóng shéng zi wéi
一边说，一边顺手拿起红绳子，围
zhe shù gàn rào le hǎo jǐ quān sǐ sǐ de dǎ le yí
着树干绕了好几圈，死死地打了一
gè jié
个结。

liǎng gè rén shēn wá wa pū tōng pū tōng
两个人参娃娃“扑通”“扑通”
tiào jìn le shuǐ gāng fēi kuài de jiě xià shēn shàng hóng shéng
跳进了水缸，飞快地解下身上红绳
zi de huó jié sōu yí xià jiù zuān jìn
子的活结，“嗖——”一下，就钻进
le ní tǔ lǐ zhǐ liú xià yì gāng huáng ní shuǐ
了泥土里，只留下一缸黄泥水。

hú guā pí lián gǔn dài pá de zhuī gǎn zhe nǐ
胡刮皮连滚带爬地追赶着：“你
men gěi wǒ huí lái huí lái liǎng gè rén shēn wá
们给我回来！回来！”两个人参娃
wa zài dì dǐ xià xiào xī xī de shuō lǎo cái zhu
娃在地底下笑嘻嘻地说：“老财主，
xiè xie nǐ ràng wǒ men xǐ le yì bǎ zǎo nǐ bǎ nà
谢谢你，让我们洗了一把澡。你把那
gāng huáng shuǐ jiāo dào tián lǐ jiù huì zhǎng chū dà rén shēn
缸黄水浇到田里，就会长出大人参
de tān xīn de cái zhu nǎ kěn fàng guò rén shēn wá
的。”贪心的财主哪肯放过人参娃
wa tā ná lái yì bǎ tiě qiāo pīn mìng de wā tǔ jué
娃，他拿来一把铁锹，拼命地挖土掘
dòng děng tā wā dào yí bàn de shí hou tā jiā de fáng
洞，等他挖到一半的时候，他家的房

zi dǎo tā le bǎ hú guā pí zhòng zhòng de yā zài le
子倒塌了，把胡刮皮重重地压在了
xià miàn
下面。

cóng cǐ dāng dì rén zài yě bù gǎn qīng yì shāng hài
从此，当地人再也不敢轻易伤害
rén shēn wá wa le jù shuō nà gāng lǐ de huáng shuǐ pō
人参娃娃了。据说，那缸里的黄水泼
sǎ guo de dì fang dì èr nián zhēn de zhǎng chū le hěn duō
洒过的地方，第二年真的长出了很多
rén shēn chéng le dōng běi sān bǎo zhōng de dì
人参，成了东北“三宝”中的“第
yī bǎo
一宝”。

zǎo hái

枣孩

cóng qián yǒu yí duì fū qī jié hūn shí duō nián

从前，有一对夫妻，结婚十多年

le què yì zhí méi yǒu hái zi tā men fēi cháng pàn

了，却一直没有孩子。他们非常盼

wàng néng yǒu yí gè xiǎo hái yǒu yì huí liǎng kǒu zi

望能有一个小孩。有一回，两口子

dào sì miào lǐ jìng xiāng guì bài zài guān yīn pú sà miàn

到寺庙里敬香，跪拜在观音菩萨面

qián shuō dà cí dà bēi de pú sà a bǎo yòu

前，说：“大慈大悲的菩萨啊，保佑

wǒ men ba cì gěi wǒ men yí gè hái zi nǎ pà xiàng

我们吧，赐给我们一个孩子，哪怕像

zǎo ér nà me dà yě hǎo a shuō yě qí guài

枣儿那么大也好啊！”说也奇怪，

liǎng kǒu zi huí qù hòu bù jiǔ qī zi jiù huái yùn le

两口子回去后不久，妻子就怀孕了，

shí gè yuè hòu zhēn de shēng xià le yí gè hěn xiǎo hěn

十个月后，真的生下了一个很小很

xiǎo de nán hái jiù xiàng zǎo ér nà me diǎn dà liǎng

小的男孩，就像枣儿那么点大。两

口子欢喜得不得了，给孩子取名叫“枣孩”。

一晃十多年过去了，枣孩却一点也没长，还像枣儿那么小。爹娘开始为他发愁了，怕他人小受人欺负。枣孩说：“爹、娘，不用担心，别看我人小，可我照样能干活。你们老了，我照样能养活你们。”

的确，枣孩除了模样儿小，其他样样出色。他既聪明又勤快。爹赶牛耕田，枣孩就跳到牛耳朵里，给牛引路；娘上山打野果子，够不着的地方，枣孩就跳到树上帮娘摘。邻居们都夸枣孩是个懂事勤劳的好孩子。

有一年闹旱灾，粮食颗粒无收，人们只能靠吃树皮和草根度日。县官

dài zhe chāi yì xià xiāng shōu liáng lǎo bǎi xìng ná bù chū
带着差役下乡收粮，老百姓拿不出
liáng shi xiàn guān jiù fēn fù chāi yì bǎ tā men de niú
粮食，县官就吩咐差役把他们的牛、
lǘ zhū yáng děng dōu qiān zǒu lǎo bǎi xìng men gè gè
驴、猪、羊等都牵走。老百姓们个个
kū kū tí tí yì diǎnr bàn fǎ yě méi yǒu zǎo hái
哭哭啼啼，一点儿办法也没有。枣孩
ān wèi dà huǒ shuō dà jiā dōu bú yòng chóu wǒ yǒu
安慰大伙说：“大家都不用愁，我有
bàn fǎ bǎ shēng kou nòng huí lái diē niáng gǎn jǐn bǎ
办法把牲口弄回来！”爹娘赶紧把
zǎo hái lā dào yì biān duì tā shuō xiǎo hái zi bié
枣孩拉到一边，对他说：“小孩子别
shuō dà huà bàn bú dào de shì qing bù néng luàn shuō
说大话，办不到的事情不能乱说。”
zǎo hái yě bù zhēng biàn zhǐ shì shuō fàng xīn ba
枣孩也不争辩，只是说：“放心吧，
wǒ yǒu fēn cun nǐ men děng zhe qiáo
我有分寸，你们等着瞧。”

tiān hēi le yuè liang pá shàng shù shāo zǎo hái
天黑了，月亮爬上树梢，枣孩
liū jìn xiàn guān guān shēng kou de yuàn zi děng chāi yì
溜进县官关牲口的院子。等差役
men dōu shuì zháo tā bèng jìn yì tóu dà shuǐ niú de ěr
们都睡着，他蹦进一头大水牛的耳
duo lǐ zài lǐ miàn zhuā ya tī ya niú shòu le
朵里，在里面抓呀、踢呀。牛受了
jīng luàn pǎo luàn tiào qí tā shēng kou yě bèi jīng dòng
惊，乱跑乱跳。其他牲口也被惊动
le gēn zhe luàn pǎo luàn tiào chāi yì men bèi jīng xǐng
了，跟着乱跑乱跳。差役们被惊醒

了，大叫："有贼！抓贼啦！"他们打着灯笼四处找，却什么也没发现。于是，差役们又回去睡觉了。等他们刚刚睡着，枣孩又跳进一头驴子的耳朵里，在里面抓呀、踢呀。驴子受不了，驴脾气就上来

le dào chù luàn bēn qí tā de shēng kou yě gēn zhe
了，到处乱奔，其他的牲口也跟着
luàn bēn chāi yì men zài yí cì bèi jīng xǐng yòu diǎn qǐ
乱奔。差役们再一次被惊醒，又点起
dēng long qù zhuā zéi jié guǒ réng shì shén me yě méi zhǎo
灯笼去抓贼，结果仍是什么也没找
dào zhè huí chāi yì men gān cuì méng tóu dà shuì děng
到。这回差役们干脆蒙头大睡。等
chāi yì men dōu shuì shú hòu zǎo hái jiù qīng shǒu qīng jiǎo
差役们都睡熟后，枣孩就轻手轻脚
de dǎ kāi yuàn zi de dà mén bǎ suǒ yǒu de shēng kou
地打开院子的大门，把所有的牲口
gǎn huí le cūn zhuāng xiāng qīn men jiàn dào zì jǐ de shēng
赶回了村庄。乡亲们见到自己的牲
kou huí lái le kāi xīn jí le dōu kuā zǎo hái shì gè
口回来了，开心极了，都夸枣孩是个
néng gàn de hái zi
能干的孩子。

tiān liàng le chāi yì men dào yuàn zi lǐ yí kàn
天亮了，差役们到院子里一看，
fā xiàn suǒ yǒu de shēng kou dōu bú jiàn le jí máng xiàng
发现所有的牲口都不见了，急忙向
xiàn guān huì bào xiàn guān qì de chuī hú zi dèng yǎn jing
县官汇报。县官气得吹胡子瞪眼睛，
yǎo yá qiè chǐ de shuō yí dìng yào zhuō zhù zhè ge
咬牙切齿地说：“一定要捉住这个
zéi bǎ tā guān jìn dà láo lǐ xiàn guān hé chāi yì
贼，把他关进大牢里。”县官和差役
men jìn le cūn zi lǐ jiàn rén jiù zhuā zǎo hái zhàn chū
们进了村子里，见人就抓。枣孩站出
lái shuō shēng kou shì wǒ gǎn huí lái de nǐ men yào
来说：“牲口是我赶回来的，你们要

zhuā jiù zhuā wǒ ba
抓就抓我吧！”

xiàn guān jiàn zhè me yì diǎn dà de xiǎo hái zi yě gǎn
县官见这么一点大的小孩子也敢
gēn tā jiào bǎn qì de zhí duò jiǎo dà rǎng dào
跟他叫板，气得直跺脚，大嚷道：
kuài bǎng qǐ lái kuài bǎng qǐ lái chāi yì men ná
“快绑起来！快绑起来！”差役们拿
chū jiā suǒ lái suǒ zǎo hái shuí zhī jiā suǒ tài dà le
出枷锁来锁枣孩，谁知枷锁太大了，
gēn běn suǒ bú zhù chāi yì men jí de mǎn tóu dà hàn
根本锁不住。差役们急得满头大汗，
zǎo hái zé hā hā dà xiào yǒu yí gè ǎi gè zi de chāi
枣孩则哈哈大笑。有一个矮个子的差
yì duì xiàn guān ěr yǔ dào dà ren wǒ men hái shi
役对县官耳语道：“大人，我们还是
yòng kǒu dai bǎ tā zhuō zhù dài huí xiàn yá ba xiàn
用口袋把他捉住，带回县衙吧。”县
guān diǎn dian tóu
官点点头。

shí jǐ gè chāi yì shǒu máng jiǎo luàn zhōng yú bǎ zǎo
十几个差役手忙脚乱，终于把枣
hái zhuāng jìn le kǒu dai lǐ dài dào le xiàn yá de gōng táng
孩装进了口袋里，带到了县衙的公堂
zhī shàng xiàn guān bǎ jīng táng mù yì pāi shuō dà
之上。县官把惊堂木一拍，说：“大
dǎn diāo mín gǎn gēn běn guān zuò duì gěi wǒ hěn hěn
胆刁民，敢跟本官作对，给我狠狠
de dǎ chāi yì men jǔ qǐ gùn zi biàn dǎ shuí zhī
地打！”差役们举起棍子便打，谁知
gùn zi dǎ zhè biān zǎo hái jiù bèng dào nà biān dǎ nà
棍子打这边，枣孩就蹦到那边；打那

biān zǎo hái jiù bèng dào zhè biān chāi yì men zěn me yě
边，枣孩就蹦到这边。差役们怎么也
dǎ bù zháo zǎo hái xiàn guān qì de fèi dōu yào zhà le
打不着枣孩。县官气得肺都要炸了，
dà jiào dào duō lái jǐ gè rén gěi wǒ dǎ sǐ zhè
大叫道：“多来几个人，给我打死这
ge xiǎo máo hái
个小毛孩。”

chāi yì men yì qǐ pū shàng gùn zi fēn fēn luò
差役们一起扑上，棍子纷纷落
xià kě zǎo hái chèn jī tiào chū kǒu dai tiào dào le
下。可枣孩趁机跳出口袋，跳到了
xiàn guān de mào zi shàng hái shēn shǒu zhuā zhù xiàn guān de
县官的帽子上，还伸手抓住县官的
jǐ gēn hú zi wán qǐ le dàng qiū qiān xiàn guān qì
几根胡子，玩起了荡秋千。县官气
jí bài huài zhí hǎn gěi wǒ dǎ gěi wǒ dǎ
急败坏，直喊：“给我打！给我打！
dǎ chāi yì men de gùn zi yì qǐ dǎ xiàng xiàn guān de
打！”差役们的棍子一起打向县官的
mào zi bú liào méi dǎ zháo zǎo hái què dǎ zhòng le
帽子，不料，没打着枣孩，却打中了
xiàn guān de hòu nǎo sháo xiàn guān dāng chǎng dǎo dì yí
县官的后脑勺。县官当场倒地，一
mìng wū hū le zǎo hái ne dà yáo dà bǎi de zǒu chū
命呜呼了。枣孩呢，大摇大摆地走出
xiàn yá huí dào le diē niáng de shēn biān
县衙，回到了爹娘的身边。

精卫填海

传说远古时代有一个部落首领炎帝，炎帝有一个小女儿，名叫女娃。女娃聪明伶俐，活泼可爱，深得父亲的疼爱。

女娃一个人在家的时候，喜欢跑到大海边玩耍。她喜欢在海边捡贝壳，喜欢追着浪花奔跑。有时候，女娃站在大海边，小脑袋中会冒出很多稀奇古怪的想法：“大海的尽头是什么呢？太阳是怎么从海的那边升起来

de ne yào shi fù qīn néng dài wǒ qù hǎi de nà yì biān
的呢？要是父亲能带我去海的那一边
kàn kan nà gāi duō hǎo ya
看看，那该多好呀。”

kě yán dì zǒng shì máng yú guǎn lǐ bù luò měi tiān
可炎帝总是忙于管理部落，每天
dōu yǒu hěn duō shì qing yào chǔ lǐ hěn shǎo yǒu shí jiān péi
都有很多事情要处理，很少有时间陪
bàn nǚ wá
伴女娃。

yì tiān zǎo chen nǚ wá yòu lái dào le dà hǎi
一天早晨，女娃又来到了大海
biān tā chuī zhe hǎi fēng tīng zhe hǎi ōu de míng jiào
边。她吹着海风，听着海鸥的鸣叫，
chū shén de wàng zhe dà hǎi nǚ wá zhēn xiǎng pǎo dào dà
出神地望着大海。女娃真想跑到大
hǎi de lìng yì biān qù kàn kan ya wǒ zěn yàng cái néng
海的另一边去看看呀！“我怎样才能
dào hǎi de nà biān qù ne tā wèn hǎi miàn shàng zì yóu
到海的那边去呢？”她问海面上自由
fān fēi de hǎi ōu hǎi ōu zhǐ shì ōu ōu de
翻飞的海鸥，海鸥只是“噢，噢”地
jiào le liǎng shēng tā wèn hǎi shuǐ lǐ yóu lái yóu qù de yú
叫了两声；她问海水里游来游去的鱼
ér yú ér zhǐ shì huā huā de shuǎi le shuǎi
儿，鱼儿只是“哗，哗”地甩了甩
wěi ba
尾巴。

jiù zài zhè shí nǚ wá kàn jiàn le yì tiáo tíng kào
就在这时，女娃看见了一条停靠
zài àn biān de xiǎo chuán tā de yǎn jing dùn shí liàng le
在岸边的小船。她的眼睛顿时亮了

起来：我如果驾着小船行驶到海的那边，一定能看到太阳是怎么升起来的，一定能知道海的尽头是什么样子。

想到这儿，女娃轻快地跳上船，拿起双桨，奋力向海的另一边划去。蓝蓝的天空，蓝蓝的海水，小小的船儿在慢慢前进。女娃心里别提有多高兴了。可是，突然间，天空暗了下来，海上刮起了一阵大风，越来越高的海浪拍打着小船。小船在风浪间颠簸得越发厉害，女娃开始害怕了，慌乱中，她手中的两支桨全被海浪卷走了。她大声呼喊着父亲。可是她的声音在风浪中显得那么微弱。此时，天上又下起了瓢泼大雨，女

wá de quán shēn shī tòu le tā bù tíng de duō suo chà
娃的全身湿透了，她不停地哆嗦。刹
nà jiān yí gè jù dà de hǎi làng xiàng xiǎo chuán chōng guò
那间，一个巨大的海浪向小船冲过
lái xiān fān le xiǎo chuán nǚ wá yě bèi juǎn rù le shēn
来，掀翻了小船，女娃也被卷入了深
shēn de hǎi dǐ
深的海底。

nǚ wá hái zài xīn lǐ jiào hǎn bà ba bà
女娃还在心里叫喊：“爸爸！爸
ba kě shì zhè shēng yīn yě suí zhe tā hé xiǎo
爸！”可是，这声音也随着她和小
chuán yì qǐ chén rù le hǎi dǐ
船一起沉入了海底。

nǚ wá zài yě méi yǒu huí lái tā de fù qīn zài
女娃再也没有回来，她的父亲再
yě jiàn bú dào zì jǐ xīn ài de xiǎo nǚ ér le
也见不到自己心爱的小女儿了。

kě shì nǚ wá de líng hún méi yǒu sǐ tā huà
可是，女娃的灵魂没有死，她化
zuò le yì zhī xiǎo niǎo zài hǎi miàn shàng pán xuán hái
作了一只小鸟，在海面上盘旋，还
bù shí fā chū jīng wèi jīng wèi de jiào
不时发出“精卫——精卫——”的叫
shēng rén men jiù bǎ tā jiào zuò jīng wèi niǎo
声。人们就把她叫作“精卫鸟”。
nǚ wá biàn chéng de jīng wèi niǎo xíng zhuàng xiàng wū yā
女娃变成的精卫鸟，形状像乌鸦，
tóu shàng yǒu huā wén bái sè de zuǐ hóng sè de zhuǎ
头上有花纹，白色的嘴、红色的爪
zi mú yàng tǐng piào liang
子，模样挺漂亮！

jīng wèi niǎo xiǎng dào zì jǐ zài yě bù néng pū jìn
精卫鸟想到自己再也不能扑进
fù qīn de huái bào zài yě bù néng kuài lè de bēn pǎo wán
父亲的怀抱，再也不能快乐地奔跑玩
shuǎ tā de xīn lǐ shì duō me tòng hèn zhè wú qíng de dà
耍，她的心里是多么痛恨这无情的大
hǎi ya jīng wèi niǎo xiǎng dào hái yǒu hěn duō rén kě néng
海呀。精卫鸟想到还有很多人可能
huì xiàng tā yí yàng bèi dà hǎi tūn mò bèi hǎi làng
会像她一样，被大海吞没，被海浪
juǎn zǒu xīn lǐ àn àn fā shì yí dìng yào bǎ dà hǎi
卷走，心里暗暗发誓：一定要把大海
tián píng
填平！

xiǎng dào zhè lǐ jīng wèi niǎo kāi shǐ xíng dòng qǐ
想到这里，精卫鸟开始行动起
lái tā fēi dào fā jiū shān shàng xián le yí lì xiǎo shí
来。她飞到发鸠山上，衔了一粒小石
zǐ zài fēi dào hǎi miàn shàng diū xià qù xiǎo shí zǐ
子，再飞到海面上，丢下去。小石子
zhǎ yǎn jiān jiù bú jiàn le shèn zhì lián yì diǎn diǎn shēng yīn
眨眼间就不见了，甚至连一点点声音
dōu méi yǒu fā chū
都没有发出！

jīng wèi niǎo méi yǒu tuì suō tā yòu fēi dào fā jiū
精卫鸟没有退缩，她又飞到发鸠
shān shàng xián le yì gēn shù zhī zài fēi dào hǎi miàn
山上，衔了一根树枝，再飞到海面
shàng diū xià qù hái shi méi yǒu tīng dào yì diǎn diǎn de
上，丢下去，还是没有听到一点点的
shēng yīn
声音。

可是，精卫鸟没有放弃，她一刻不停地从发鸠山衔来石子和树枝，往大海深处扔去。她早也扔，晚也扔；冬也扔，春也扔；狂风暴雨时扔，烈日炎炎时也扔。

大海奔腾着，咆哮着，嘲笑她：“小鸟儿，算了吧，你就算干一百万

nián yě xiū xiǎng bǎ dà hǎi tián píng a
年，也休想把大海填平啊！”

jīng wèi niǎo dà shēng shuō dào kě wù de dà hǎi
精卫鸟大声说道：“可恶的大海，

wǒ nǎ pà shì gàn shàng yì qiān wàn nián yí wàn wàn nián yě yào bǎ nǐ tián píng
我哪怕是干上一千万年，一万万年，也要把你填平！”

xiǎo niǎo ér nǐ wèi shén me zhè me hèn wǒ ne
“小鸟儿，你为什么这么恨我呢？”

dà hǎi bù jiě
大海不解。

jīng wèi niǎo fèn fèn de shuō dào yīn wèi nǐ ràng
精卫鸟愤愤地说道：“因为你让
wǒ yǔ jiā rén fēn lí yīn wèi nǐ duó qù le wǒ de shēng
我与家人分离，因为你夺去了我的生
mìng wǒ pà nǐ hái huì shāng hài qí tā wú gū de rén
命！我怕你还会伤害其他无辜的人。
suǒ yǐ wǒ yào jiān chí gàn xià qù xiāng xìn zǒng yǒu yì
所以，我要坚持干下去，相信总有一
tiān huì bǎ nǐ tián chéng píng dì
天，会把你填成平地。”

jīng wèi niǎo bù tíng de fēi ya xián ya rēng
精卫鸟不停地飞呀，衔呀，扔
ya yì tiān yòu yì tiān yì nián yòu yì nián cóng wèi
呀，一天又一天，一年又一年，从未
tíng xī
停息。

hěn duō nián guò qù le jīng wèi niǎo jié shí le hǎi
很多年过去了，精卫鸟结识了海
yàn tā men jié chéng fū qī yì qǐ zài fā jiū shān
燕。他们结成夫妻，一起在发鸠山
shàng dā le yí gè wō fū chū le kě ài de xiǎo niǎo
上搭了一个窝，孵出了可爱的小鸟。
tā men de hái zi cí de xiàng mǔ qīn jīng wèi xióng
他们的孩子，雌的像母亲精卫，雄
de xiàng fù qīn hǎi yàn zhè xiē hái zi gè gè cōng míng
的像父亲海燕。这些孩子，个个聪明
yǒng gǎn shuí yě bú pà fēng làng
勇敢，谁也不怕风浪！

yóu qí shì jīng wèi de nǚ ér men tā men yě gēn
尤其是精卫的女儿们，她们也跟
mā ma yí yàng nián fù yì nián cóng fā jiū shān shàng xián
妈妈一样，年复一年，从发鸠山上衔

le shí zǐ hé shù zhī zài fēi xiàng hǎi biān wǎng dà
了石子和树枝，再飞向海边，往大

hǎi rēng qù
海扔去。

yòu guò qù le hěn duō nián suī rán hǎi shuǐ hái shi
又过去了很多年，虽然海水还是

nà yàng shēn bú jiàn dǐ hǎi làng hái shi nà yàng bú duàn fān
那样深不见底，海浪还是那样不断翻

gǔn dàn shì nà xiē jiào jīng wèi de xiǎo niǎo hái zài pīn
滚，但是那些叫精卫的小鸟，还在拼

mìng de tián hǎi tā men cóng bù xiū xi yì zhí dào jīn
命地填海！他们从不休息，一直到今

tiān jīng wèi niǎo hái zài zuò zhe zhè xiàng gōng zuò ne
天，精卫鸟还在做着这项工作呢。

[全书完]

本册编著/邵龙霞

扬州市特级教师，亲近母语总课题组核心成员。著有《中国老故事·民间故事》。

图书在版编目（CIP）数据

哪吒闹海 / 亲近母语研究院编著. —济南：山东画报出版社, 2020.8（2025.3重印）
ISBN 978-7-5474-3593-9

Ⅰ. ①哪… Ⅱ. ①亲… Ⅲ. ①儿童故事—作品集—中国—当代 Ⅳ. ①I287.5

中国版本图书馆CIP数据核字（2020）第102801号

NEZHA NAOHAI
哪吒闹海
亲近母语研究院 编著

责任编辑 怀志霄
封面设计 孙 莹 栗 兜

主管单位 山东出版传媒股份有限公司
出版发行 山东画报出版社
社　　址 济南市市中区舜耕路517号 邮编 250003
电　　话 总编室（0531）82098472
　　　　 市场部（0531）82098479
网　　址 http://www.hbcbs.com.cn
电子信箱 hbcb@sdpress.com.cn

版　次 2020年8月第1版
印　次 2025年3月第25次印刷

书　号 ISBN 978-7-5474-3593-9
定　价 29.80元

www.ingramcontent.com/pod-product-compliance
Ingram Content Group UK Ltd.
Pitfield, Milton Keynes, MK11 3LW, UK
UKHW062307290726
14090UKWH00018B/933